穿旧味而过

Travel Back Through Time

朱堪智 著

山西出版传媒集团
北岳文艺出版社
·太原·

图书在版编目（CIP）数据

穿旧味而过 / 朱堪智著 . —太原：北岳文艺出版社，2020.8

ISBN 978-7-5378-6238-7

Ⅰ.①穿… Ⅱ.①朱… Ⅲ.①中国文学－当代文学—作品综合集 Ⅳ.①I217.2

中国版本图书馆CIP数据核字（2020）第118450号

穿旧味而过
朱堪智 著

责任编辑
庞咏平

装帧设计
礼孩书衣坊

印装监制
郭 勇

出版发行：山西出版传媒集团·北岳文艺出版社
地址：山西省太原市并州南路57号
邮编：030012
电话：0351-5628696（发行部） 0351-5628688（总编室）
传真：0351-5628680
网址：http://www.byyw.com E-mail：bywycbs@163.com
经销商：新华书店
印刷装订：山西基因包装印刷科技股份有限公司

开本：787×1092 1/32
字数：190千字 印张：9.75
版次：2020年8月第1版
印次：2020年9月山西第1次印刷
书号：ISBN 978-7-5378-6238-7
定价：29.80元

本书版权为本社独家所有，未经本社同意不得转载、摘编或复制

自 序

20世纪80年代，国家开始了改革开放，而跑在最前面的是文化界和舆论媒体。一大批译著汹涌而入，带来了思想的多元化；大小机构团体和企业都出来办报纸杂志，甚至民间也出来凑热闹，发出自己的声音，一时间大小报纸满天飞。

那时我还在华南师范大学读书，整天跑书店听讲座泡图书馆，心一直都安静不下来，特别是听了那些所谓权威和精英的演讲，热血沸腾，蠢蠢欲动，也想呐喊一下。那时候还没有互联网这些新兴媒体，发出声音的主要渠道是传统纸媒，还有就是墙报。我们几个同学就一起组建了一个"呐喊社"，就"教师节"在大学校园的墙报栏上出了一期墙报，为教师的待遇鸣不平，弄得校园不安静了好一阵子；后来被学校共青团委用新的一期墙报覆盖了，还被学校约谈了，"呐喊社"就这么只喊一次也就玩完了。

那个年代的人对书有着一种饥饿感，所以看书买书成了大学的生活主题。当时是恨不得看完图书馆里面的书，恨不得买更多的书，可毕竟脑子太小，囊中也羞涩，也就忍了。再后来，听到"靠山吃山靠水吃水"的理念，顿感醍醐灌顶，咱没山没水，但有书呀，"以书养书"也是一种办法，所以也就"山寨"起来。买一本书读完，思考其中的思想，最终形成自己的视角，观照社会，用杂文随笔评论的形式，投给报纸。一来可以呐喊一下，表达自己的思想；二来也可以得几块钱稿费，买点新的书。现在想起来还觉得是一件挺浪漫的事。幸好当时的报刊还没有那么注重官衔、权威那类角色，媒体的"小圈子主义"也没有那么严重，所以我的"豆腐块文字"才得以时常见之于报端，因而也常有新书。

此后在回到徐闻中学当老师的那段日子里，这种激情仍然不减，一发不可收，还跟着县委新闻科长写新闻，大的事件就写报告文学。有一天，初中的一位语文老师告诉我，说初一的语文课本中有一篇文章的作者跟我同名同姓，有些老师猜测是我，但又不敢相信。我赶紧找来课本看，果然是自己发表在《光明日报》上的小评论，激动之余，孤芳自赏了一番。出了学校以后，就开始写官样文章，行走在公文和报告之间。到了教育局以后，禁不住邀约，也写了一些序言性的文字。

一个时代有一个时代的局限。站在2018年的山巅去看之前的三十多年，看看自己的涂鸦稚语，听听三十年来的声音，虽然觉得幼稚好笑，但就是在这种幼稚好笑中成长了。今天收集整理三十多年来的旧作，跟青春道个别，里头传出的仍是可爱和温暖。

《穿旧味而过》囊括的大杂烩，大都是曾经在媒体上发表过的评论、随笔、杂谈以及通讯和报告文学。我把这些旧作选择大部分，大致分类一下集中起来，按照时间顺序，分为"80年代的时光""90年代的味道"和"21世纪的早晨"这三个片段。主要是以评论、随笔、杂谈的形式，记录了自己知识和思想的共同长进；用报告文学和小通讯形式，记录了当时的人物和事件；为鼓励教育系统内部书刊而写的序言性文字。一些语境下的文字，略做修正，基本上还是旧味如故。我想把这些旧味给自己的人生留个回味。

有人说，酒越久越醇，我却不大会品尝其中的味道。反而我倒觉得经历岁月的文字，越来越清欢。所以，我把这本集子叫作《穿旧味而过》。

2018年8月

目 录 Contents

第一辑　80年代的时光

003　"买椟还珠"的启示
005　雷州古战场上的血战
007　古雷州人的房屋　／朱堪智　黄中伟
009　雷州织葛女　技艺誉万里
011　屈大均雷州遗诗
　　　——清初"岭南三家"之一
013　龙的原型是蛇、鳄鱼和雷电
015　糊涂一点也可
　　　——与潘建义同志商榷
017　激发有生理缺陷的学生重拾自尊
019　注重家庭气氛的柔和
020　封建社会里的"封驳制度"
022　汤显祖与贵生书院

024　话说爱情的质量

026　于微细处见爱心

028　不妨站着讲

030　雷州人的原始宗教　/朱堪智　黄中伟

032　水的无奈

034　无意插柳柳成荫
　　　　——谈无意识创造

036　是父子，也应是朋友

038　"菠萝大王"和他的菠萝　/朱堪智　黄彩玲

047　沉默是可怕的

049　汉代的"海上丝绸之路"

051　徐闻罗斗沙岛的响沙之谜

053　性风吹得"花儿"醉

055　且说"愚父之策"

057　爱情不是为了改变对方

059　"心死"的背后

062　灭鼠与经济头脑

064　选　择

067　婚宴大中毒

079 "发财术"拾遗
081 "宋人学盗"的启示
083 "情绪心态"忧思录
085 流行歌曲与情绪导向
088 纳税人的权利要明确

第二辑 90年代的味道

093 马话三题
095 教会学生练习生活
097 "误点赔偿"和"李离伏剑"
099 甜美的乐章
105 困难就是机遇 /朱堪智 潘建义
109 麻将与家庭文化
111 牵出龙泉写春秋
　　——来自祖国大陆最南端徐闻县的报告
　　　　　　　　　/朱堪智 陈堪进 潘建义
141 银墩果园主

146	琼州海峡协奏曲　/ 朱堪智　苏定华　潘建义
156	为有源头活水来
	——记中国工商银行徐闻县支行行长李康荣
	/ 朱堪智　潘建义
165	保健内裤和赤砂糖之妙
167	突然想到"石狗林"
169	话说"留党察看"
170	来点"过期无效"意识
172	"单身贵族"颂
173	不要"守株待兔"
175	村路的启示
176	供销社里风光好　/ 朱堪智　潘建义　李乐
180	不妨试试"男嫁女娶"
182	关于假文章
185	名片新一族
187	莫"办"出负效应
188	拒绝死神的邀请　/ 朱堪智　潘建义
190	"上帝"沉默了
192	草屋书翁

194　女人，走出家门
196　李大谋的"芒果图"
204　妻子面前无"大男子汉式自尊"
206　跨　越
209　要大力增强港口意识

第三辑　21世纪的早晨

213　2011·徐闻教育值得记忆的那些事儿
219　体育是成长是笑声
221　让我们从春天出发吧
223　留下你的精神财富
226　让课堂在安心自由开放中经营
235　校长应当是贵生课堂的推手
239　用你的笔留住你的梦
241　总有一些时光值得记忆
253　同事·同事
255　相信种子，相信岁月

258　高考的圣旨
261　在高考中遇见自己
275　命运的呼吸
277　梅溪中学的秋天
279　让我们的梦想闪耀一下
282　最浪漫的教育
288　贵生课堂究竟还能走多远

第一辑

80年代的时光

"买椟还珠"的启示

《韩非子》上有个"买椟还珠"的故事,说的是有个楚国人到郑国去卖珍珠。楚国人把珍珠放在装饰得华贵又漂亮的木匣子里,郑国人买了,但只要木匣子,而把珍珠还给楚国人。

郑国人之举着实好笑,他要木匣子是因为木匣子装饰得华贵又漂亮。这点倒启发了我们:必须十分注意产品包装。且不说罐头食品的包装(人们说"罐头好吃盖难开"),单说茶叶的包装,总给人一种千篇一律的印象。即使有其他方式的包装,也不引人注目,也就是说包装设计差。

包装是商品的一部分,是商品的"脸面"。顾客一进入商店,第一眼看见的就是包装,因此,要注重包装的指导消费、便于流通的属性。以茶叶包装为例,采用造型新颖的包装,如设计精美的长方形纸盒包装,上面加有提手,色彩鲜艳明快,突出其强烈的商品特色,就会有更大的吸引力。目前日本对茶叶包装有一种新法,为了防止茶叶的散味和氧化,选用抽氧充氮的密封包装。包装材料选用铝箔为基材的复合材料,这是应值得我们借鉴的。

——原载于《湛江农垦报》1985年5月16日

雷州古战场上的血战

那是前217年,秦统一六国不久,为平定岭南地区,秦王嬴政遣都尉屠睢统率五十万大军,分兵五路,浩浩荡荡,长驱南下,征伐百越。当时五岭以南的地区都是越族人的居住地。秦军所到之处,虽遭越人的强烈反抗,但面对秦军的强攻,越人只得望风而逃。广西西部一战,酋长被杀,越人便退入雷州半岛。待到魂魄稍定之后,越人才慢慢又聚集起来,拜桀骏为将,利用林密苔滑的自然条件,发挥他们爬山越岭、击水荡舟的优势,分散于密林丛荆之中,采取敌进我退、敌驻我扰的游击战术,四出偷袭秦军及其供给线,搞得秦军时时处于警戒状态,不敢有丝毫的怠慢。这样,秦军日夜不安,疲于奔命,"三年不解甲弛弩"。秦军多是中原人,不适应于热带气候,更不适应丛林作战,再加上水土不服,瘟疫流行,病倒者甚多。越人便在桀骏的率领下,迅速聚结,以寻时机。

一天深夜,林中尽是虫鸣之声,又伴有蒙蒙小雨。疲惫不堪的秦军龟缩于帐篷之中稍憩,枕戈待旦。秦军统帅屠睢也在案前闭目养神。

突然，营寨之中，杀声四起，大批越人手执剑、矛等铜制武器，冲入秦营。一时间，灌木丛中、树上、营里，都有越人的进攻。只见刀光剑影，戈矛相碰，铿然作响，震动林木，加上林中涛声阵阵，天色又黑，秦军摸不清越人有多少人马，慌乱之中成了越人的刀下鬼，连统帅屠睢也被击杀。主帅一死，士兵群龙无首，被杀者不计其数。待到天色拂晓时，秦兵尸体横七竖八，堆积如山，血流成河。《淮南子》记载这次战役称其"伏尸流血数十万"。

——原载于《湛江日报》1986年1月4日

古雷州人的房屋

朱堪智　黄中伟

古时候,雷州人居住的房屋究竟是怎样的呢?史书告诉我们:"楼房"。古雷州人是非常幸运的,早在原始社会之时,就已经普遍住上了"楼房"。

古雷州人的"楼房",是指一种竹木结构的"干栏式"房屋。这种竹木结构的双层建筑,房屋的顶部盖有茅草,模样很像楼房,上层住人,下层饲养禽畜或者空着。这就是古雷州人的"楼房"。

古雷州人为什么搭建这种"干栏式"房屋呢?按说原始人一般是以洞穴为屋的,可偏偏雷州半岛缺少山洞。既无山洞可居,勇敢的雷州人就不得不巧造出这种高离地面的房屋了。初时,他们在相近的树杈上架上竹木,再盖上茅草,渐而渐之,才发展到"干栏式"房屋。这种房屋的作用是很大的。据宋人乐史《太平寰宇记·雷州风俗》解释道,雷州人住进"干栏式"房屋,纯属是为了"以避时郁"。确实如此,这种"楼房"与雷州的地理环境有着千丝万缕的联系。雷州气候炎热，雨量充沛，雨季风雨相袭，加上林茂草密，太阳晒不干，潮湿至极，还有蛇虫繁多，猛兽成群，古雷州人在这恶劣的环境中生存下去，没有顽强的毅力是不行的。就是在这个地昧水险之地，强悍的古雷州人为求生存，创造出"干栏式"的建筑。既可防潮湿、避暑和防止兽害，又可以通风采光。

直到如今，雷州半岛民间还可见到类似这种高出地面的"干栏式"建筑呢。譬如，每到瓜果成熟季节，雷州农民为了看守瓜果，在自己的田园地头，用竹木架起房屋。人住在上层，可作瞭望哨，下层通风透光。当然，如今这种房屋的遗存、用途与古时候已是截然不同了。

——原载于《湛江日报》1986年4月19日

雷州织葛女　技艺誉万里

葛，生长在气候温暖湿润地区的一种藤本植物。葛藤经过加工，可制成葛布，而葛乳（葛豆）可食。在古代，原始人在赤日炎炎的夏天，穿着兽皮或围着树叶，很不舒服。后来在生产实践中，他们逐渐发现并最早利用葛来织成织物。即使到了明清时期，当时我国北方已经大面积种植棉花，但在广东，葛布仍很盛行。

雷州也是产葛之地，织葛也算是祖传的手艺了，雷州的妇女大多是以织葛为生的。"雷女工绨绤，家家买葛丝。""东家为绤，西家为绨。"当时雷州的织葛规模还是颇为壮观的。

雷州的织葛女是十分勤劳的。每天每天，她们都是"采葛朝朝向海隅"，把葛藤收割归来，放到水中煮炼，然后剥取柔软的葛丝，纺织成布。但大多数的织葛女为了葛布的美观，还会采取措施防止葛布有水浸的痕迹。她们用针挑出葛丝，再放在太阳下晒干成缕，织成葛布，非常辛苦。

雷州女善于织葛。当时雷州布最精，盛行天下。《广东新语》说，雷州葛布行销最广。"唯雷葛之精者，百钱一尺，细滑而坚，……故今雷葛盛行天下。"百钱一尺的葛布，在当时是罕见的，可见雷州葛布的精良。雷州锦囊葛（因产自徐闻锦囊所城得名，锦囊所城即今徐闻锦和），更是风行天下的精美工艺品。这种"锦囊葛"，"花针挑出葛丝丝"，细入毫芒，视若无有，简直可以和蚕丝媲美，葛布更细薄到了"织成婵翅弱霏霏""重仅数铢"的程度。珍贵的锦囊葛如同增城的女儿葛、博罗的政善葛、潮阳的凤葛、海南的美人葛、阳春的春葛以及龙江葛一样，体现了我国劳动人民的精湛技艺，不愧是美丽的纺织工艺之花。真是：雷州织葛女，技艺誉万里。雷州妇女精湛的技艺，为我国纺织史上增添了绚丽的光彩。

——原载于《湛江日报》1986年5月17日

屈大均雷州遗诗
——清初"岭南三家"之一

屈大均(1630—1696)生于广东番禺县,是清初负有盛名的诗人,与陈恭尹、梁佩兰并称为"岭南三大家"。

像"雷州十贤"一样,屈大均也到过雷州。那是康熙年间的事了。屈大均千里迢迢从东莞启程来雷州。当他踏上雷州境时,看到古木参天,茅草齐腰,禽兽作乐的景象,不觉触景生情,想到自己屡遭挫折,禁不住愁闷上心,凄凉一片。"车辗空林响,深愁虎豹闻……声声行不得,负尔鹧鸪群。"(《遂溪道中》)而在《高廉雷三郡旅中寄怀道香楼内子》之十四中的描述更是凄楚:"路暗随萤火,行行陷泽中。阴森山鬼影,凛冽野鹰风。汗洒炎云湿,愁将碧水空。幽闺知己在,未拟哭途穷。"

屈大均十分同情雷州人民的疾苦,尤其为雷州妇女的苦楚愤愤不平。那时的雷州妇女,大多以织葛为生。"雷女工缔绤,家家买葛丝。赠夫多越布,生子是珠儿。"(《雷女》)她们虽有勤劳而灵巧的双手,能生产闻名的锦囊葛，但在官府和商人的盘剥下，连起码的生计都无法维持。"夫寒衣葛布，妇饥食葛乳。得钱虽则多，不足偿租赋。一日织一尺，十指徒苦辛。只以肥商贾，无能养一身。"（《雷女织葛歌》）屈大均用自己的笔，记录了雷州织葛女的辛酸史。

屈大均在雷州期间，走遍了雷州三县的山山水水，采访了雷州的风土民情，浓墨写下九首具有民歌风味的《雷阳曲》，讴歌雷州人民的辛勤劳动和忙碌的生活。"南亭溪畔二桥前，椰叶阴阴带暮烟。蛮女喜簪青茉莉，月明齐汲伏波泉。"（《雷阳曲》之四）当他目睹了数万花燕夜宿西湖荷池里，自由任性筑巢，便联想自身的遭遇，发出了"人间不似荷花好，莫使空梁有燕泥"（《花燕谣》）的感慨。

屈大均常常深入民间，与民同乐。徐闻的百姓对他十分友好，经常以土特产款待他。离开徐闻之后，他曾长叹道："赤蟹秋来美，蛮娘素手分。心憎巾影拂，梦恨鬓花薰。椰子含甘液，伽南吐紫氛。幽闺人正苦，不忍恋徐闻。"（《高廉雷三郡旅中寄怀道香楼内子》之九）

屈大均在雷州时，曾遗下大量诗篇。可惜因清朝文字狱兴起，他被罗织以"托名胜国，妄肆狂狺"的罪名，称"其人实不足取，其书岂可复存！"所著述书版一概焚毁。所以，在府志、县志里很难找到他的诗作。湛江的文艺团体在编辑《历代名人游雷州诗选》时，往往也遗漏了这位诗人，甚为惋惜。

——原载于《湛江日报》1986年7月12日

龙的原型是蛇、鳄鱼和雷电

龙的原型是什么呢？古人是依凭什么幻想出龙的呢？

《说文解字》是这样解释龙的。"龙，鳞虫之长，能幽能明，能细能巨，能短能长，春分而登天，秋分而潜渊。"可见龙是既可以在天，也可以居地或入水的神物。

在地上，龙的原型，可能是蛇或者大蜥蜴。东汉王充在《论衡·龙虚》中认为，龙的形态是"马首蛇尾"。《山海经》说龙是"人面蛇尾"。西周青铜器和古陶器上的龙，也是像长了脚的蛇类。原始人的思维里，往往是以蛇为龙的，因而产生了蛇的图腾崇拜。

入水的龙称为蛟龙，其原型是鳄鱼。原始人的一项生产活动是捕捞。在这一过程中，他们常常遭到鳄鱼的袭击。而原始人不知鳄鱼是何物，便认为是蛟龙。

居天的龙，才算是真正的龙。它的原型又是什么呢？是闪电这一自然现象。原始人不理解自然界气候的规律，以为下雨是神物在天上指挥的。吉祥时，风调雨顺，万物欣欣向荣。而洪水滔天或由此引起的水灾，便是神物在发脾气。那么，到哪里寻找这神秘的动物神呢？原始人发现，每次下雨时，常常会闪电。这样，原始人就认为雨水是闪电带来的。这就促使他们依据闪电的作用和形状，幻想为一条行速快、身体细长、曲折前进的动物。这种神物有四个脚，因此便成了龙神。至于今天龙的形象，完全是由人们美术加工创造的，什么也不像。

——原载于《湛江日报》1986年12月20日

糊涂一点也可
——与潘建义同志商榷

"难得糊涂"本是清代郑板桥的名言,如今却成为"时髦语言"并广为流行。有人于心不忍,就出来说话,主张"还是缓刑为好";不然,就要"削发入庵入寺"。(见潘建义的《有感于"难得糊涂"》,发表于1987年9月6日《湛江日报》第4版)在改革的今天提倡糊涂,"这是在教人糊涂"。可见,他是不算糊涂的。

然而细想一下,糊涂透顶大可不必,糊涂一点也无妨。

世人之所以需要糊涂,想必是渴求宽容之故。路上单车相撞,或行人无意碰撞,若认真起来,自是一番口舌,甚至瞪眼睛、挥拳头、动刀子,不如"糊糊涂涂,不知道有这么回事"为好。这样,"你也干净,我也干净,世界太平",岂不乐哉!其次,家庭琐事,千丝万缕,只要不妨大局,何必求认真?妈妈唠叨,也要看眼色行事;妻子外出,也须再三询问;柴米油盐,斤两差异。人生于世,精力耗尽于烦琐之事,何颜见古人?还是学得糊涂妙法,糊糊涂涂,求得和谐。

偌大世界，有容乃大，才构成丰富多彩的人生。认真必要，糊涂也需。自然，糊涂只是一种手段而已。大事认真，小事糊涂，该认真的认真，该糊涂的糊涂，方乃大丈夫气概。只要不碍于国家与集体利益，为人为己为事，糊涂一点也可以。

——原载于《湛江日报》1987年9月27日

激发有生理缺陷的学生重拾自尊

班里来了一位轻度跛脚的同学。她很少与人搭话，甚感孤寂。她常常独自活动，不合群。有些同学搞恶作剧，故意模仿她走路的样子，还给她封了个外号叫"摇船妹"，说她行走像摇船。她忍受不了，写信给班主任说，简直不能活下去了，一切都感到绝望。不久，她不辞而别，退学走了。班主任以此为题，教育学生们要尊重有生理缺陷的同学，并说服大家主动去把她接回来，又暗查她的生日，为她组织了一个生日晚会。全班同学都送给她小小的礼物和一句祝词。尤其是班主任的那句祝词，可说是改变了她的人生观。班主任说："你是完整的！"许多年后，自学成才的她，还清楚地记得，正是从那一天起，她第一次感觉到自己还有生存的价值。

这位女学生人生中的这一细节，着实令人回味。一个生理上有缺陷的学生，最大的愿望是什么呢？无非是渴望得到群体成员的认同和尊重。人类天性的至深本质就是渴求所在群体的认同。从社会心理学的角度来说，一个人生存在形形色色的群体之中，表现出自己独特的个性，并学会适应群体，直到融入群体。因此，自尊也成了与人交往过程中的基本需要。一旦强烈的自尊心得到群体的认同，人便会被激发出一种不可低估的力量，人的潜能也会得到淋漓尽致的释放。而这种重拾自尊的愿望一旦受挫时，人便会心灰意懒，或自卑，或沉沦。有生理缺陷的学生，心理压力大，而且敏感，外界的一举一动，都会让他们感到"八公山上，草木皆兵"。为了补偿因生理上的先天不足而造成的失落，他们就要寻找种种机会来恢复心理的平衡。比如，或把自卑提高到极度的自尊，或单枪匹马进行报复。心理补偿，即使遭遇最轻微的失败，他（她）也会感到自己是多余的人、投错了胎，甚至会萌生自灭的意念。如果同学们流露出歧视、嘲讽的情绪，他便更感到无地自容，恨不得一死了之。那位女学生正是陷入了这样的境遇。她的班主任所组织的生日晚会和所写的祝词，补偿了她的心理不足，满足了她的某种心理饥饿，启开了她生命的航程。

——原载于《南方日报》1987年10月24日

注重家庭气氛的柔和

家庭气氛的柔和、透明，会推动家庭成员间的心神默契和情感交流。美国一位人士说过，家是最好的避难所。这话很有道理。人的一生，属于社会方面的很多很多，比如亲戚、朋友以及繁忙的工作，而真正属于自己的，却少得可怜。当在家庭之外与社会化的人打交道时，人已经疲惫不堪；拖着倦意回到家中，想的便是求解脱和放松。假如面对的是家庭成员亲切的问候或微笑的迎接，自己就好像温泉中出浴一样感觉清新，就会更加热爱家庭；假如看到的是家庭成员阴郁的脸孔、冷淡的神情，就会感到极不舒服，便想方设法离开，到酒家或朋友那里举杯消愁。所以家庭气氛的明朗和温暖，是家庭成员和谐关系的一剂精神补药，是一曲盈盈旋律。而淡漠的家庭气氛则比贫穷、灾难更为不幸。

要想保持家庭的和谐与稳固，不妨注重家庭气氛的柔和。

——原载于《湛江日报》1987年11月18日

封建社会里的"封驳制度"

众所周知,封建皇帝的权威是至高无上的,只要金口一开,"君叫臣死,臣不得不死"。然而,封建社会里也有一种制约皇权的制度,那就是臣子对皇帝已做出的决定和敕令,认为有不妥之处,便可写下"驳正违失"的书面意见,附在诏书里,然后封好退还皇帝。这就是封建社会里的"封驳制度"。

这种制度始见于西汉时期,形成于唐朝。据《汉书》记载,汉哀帝在位的时候,有一次下了一道加封官员的诏令。宰相王嘉看到了,认为诏令中有许多地方不妥,便把诏令封好,退回给汉哀帝。汉哀帝也无可奈何,只得作罢。

有趣的是,在唐朝的时候,依据封驳制度,给事中李藩竟然把王锷兼任宰相的事给弄吹了。唐玄宗初年,河东节度使王锷想当宰相,于是费尽心机,瞅准机会送给唐玄宗的亲信一笔钱财,意在请他在皇上面前通融通融。果然这一招甚绝,唐玄宗不久便下了一道密诏,给掌管国家政令的草拟和审批机构的中书省和门下省传达,上面写着

"王锷可兼宰相"。这事恰好让李藩看见了。李藩十分恼恨这种靠行贿走后门的丑事,于是便扣压下来,提笔一挥,勾掉了"宰相"两字,并在旁边写下批注"不可"。结果,王锷兼任宰相的事就给李藩一笔勾销了。(《新唐书·李藩传》)

"封驳制度"只涉及少数的大官僚,不属于民主的范围,但它毕竟对皇权有一点小小的制约作用。

——原载于《湛江日报》1988年2月13日

汤显祖与贵生书院

与海南岛一水之隔的徐闻县,城西的西门塘畔有贵生书院遗址。这书院与文学史上赫赫有名的戏剧家汤显祖连在一起,所以名气也不小。汤显祖是明代江西临川人士,官至礼部主事,但却以剧作著称于世,有"东方莎士比亚"之誉。明万历年间,汤显祖因抗疏触怒了明神宗,被贬到徐闻县当了个小小的典史。贵生书院就是他在这期间兴建的。

书院分为前、中、后三厅,左右各有一列长屋,十二间课室。游人颇感纳闷的是,书院以"贵生"题名是什么意思?翻阅《徐闻县志》,有汤翁的"天下之生皆当贵重"之说。据说徐闻其时,人兽共存,区区小事亦能引起宗族械斗,人们不畏生死,愚昧无知,亟须教化。汤翁想用办教育来重树礼义,推动社会各界读书育人,才把书院题名为"贵生"。

汤显祖在徐闻一年，离开时曾写下《留别贵生书院》一诗："天地孰为贵，乾坤只此生。海波终日散，谁悉贵生情。"表达了汤显祖一种深沉的情愫与胸怀。

——原载于《羊城晚报》1988年2月28日

话说爱情的质量

爱情也是一个由众多情感的量的积累，然后发展到质的飞跃的过程。爱情质量的优劣，无疑会直接影响到稳固爱情的根基。一般说来，量的对等，也就会有质的优胜；而量的不对等，久而久之就会使爱的土壤里潜伏着裂变的危机。如果情感的量失衡，一方急剧上涨，另一方却依然如故，亦会削弱了爱的生存根基。

生活中，许多人是不大注意感情的量的对等，因此也就造成爱情质量的次品。就说恋爱吧，它不比婚姻，婚姻几乎是"一次性效应"的，而恋爱就不同了，多元化发展，"普遍培养，择优录取"。恋爱一次便成功者，也就简便了许多程序及手续。然而，大多数人都是多次恋爱才成"正果"的，其中的磨难曲折可想而知。恋爱，总有一道感情相互输送的程序。有的人尽管沉醉在恋爱中或已成家庭，却"死不悔改"，仍眷恋或时而怀念着前一位恋人。比如，保存着前一位或前几位恋人的信物，记录着曾有过的炽热，甚至以曾有过的恋爱方式苛求"硬套"于今日之情人。更难以容忍的是，一方付给另一方整颗心，另一方却在心里藏着一块自留地。若论起责任，就说女人不知好歹。感情付出的不对等，必然导致情感的冷却和凝固。量的积累超过一定的水准便溢于双方之外，流向新的客体。爱情的质也因此不再，渐而渐之，所谓爱情就不过是一场戏了。

因而，量对等，质也就高档。要建设高质量的爱情，别忘了情感的对等。

——原载于《湛江日报》1988年3月2日

于微细处见爱心

婚姻的完整和新鲜,总有那么一些生动和实在的细节。这些细节对于别人来说,也许是普普通通,甚至是毫无意义的,然而对于自己而言,却有着震撼内心世界的力量,催你觉醒,促你振奋,使你情愫盈盈满满,百般爱恋不已。

我有一个朋友,婚后至今,仍珍惜着那个"深秋时的深沉而又糅合着红枫般热烈"的情感世界,生活得甚是和谐。我曾向她请教过秘诀,为什么人家热恋是有阶段性的,而你却从不冷却,保持恒温。她莞尔一笑,告诉我说,她挺注重生活中的每一个细节,尽管是微乎其微的细节,也依然如故。也就是说,她和她的丈夫,每天都在向对方表达着自己的爱情。她的丈夫每次出门,两人都要吻别;如她不在家,丈夫也留下纸条,写明去向,末尾总忘不了"吻你"两个字。而她呢,每次都小心翼翼地把这些留言条收集起来,装订得整齐有致收藏着。闲暇时,他们就拿出来翻阅。这记录着爱情生命历程的文字,便唤醒曾有过的甜蜜,柔情万种,让他们更为珍爱对方。

如今有的婚姻之所以不稳固，易于离散，其中的一个要素，就在于凝固了婚前的感情，忙于工作，忙于钱财，而恰恰忽略了婚姻的主体——感情。许多男人在遇到困难时有冷静处理的能力，却不具有对妻子表达爱情的能力，许多妻子亦如此。这点，又恰好是婚姻危机的焦点。有人曾在1500个已婚男人中做过调查，发现男人都把妻子的啰唆列为婚后最不幸的事，而把爱情表达方式的欠佳列为第二个不幸。因此，注重生活中感情的每一个细节，于微细处表达爱心，无疑会增进婚后的情爱，使婚姻趋于完整，永远活鲜鲜。

——原载于《湛江日报》1998年3月30日

不妨站着讲

初为人师时，尚不知师者立而不坐之理。终有一天，自己想搞点名堂，便拖了张座椅上讲台，正襟危坐，一本正经地打开讲义，七七八八地读了起来。还没读完，下课铃已响，急忙抬眼向台下望去，只见下面一片静寂，鸦雀无声。学生们大都津津有味地睡去了，剩下几个"失眠的"，也早已精神抖擞地投入小说之中。这事使我幡然醒悟：坐，万万不可也；坐者，大害也。

现时许多人同患"开会恐惧症"，想必也是这"坐"从中作祟吧。坐下话长，哪管你怨声载道。会上发言的，双腿一软，重压在椅子上，便海阔天空了。他只管讲，或者读，不管你听不听，也不管你是否耐烦，似乎会议只是单方行动，我讲你听。所以，泱泱众人，只要提起开会，难得见过几个笑颜的。症结何在？我想，其中一个因素在于座椅。假如撤掉座椅，都站着讲，还能啰啰唆唆吗？据说有一外国专家在我国某厂担任厂长，他办公室里就不设座椅。工人们来了，有事就说，说完就走，办事效率甚高。可见，这站着讲的效率还挺高的呢。

七届全国人大一次会议,国家领导人还站着做报告嘛。

因而,根治"开会恐惧症"的一个妙法,便是讲台不设座椅,发言人站着讲。

——原载于《湛江日报》1988年7月15日

雷州人的原始宗教

朱堪智　黄中伟

古雷州人很有可能最先把蛟龙作为自己的图腾信仰。因为古雷州人有一项重大的生产活动就是捕捞，而捕捞又怕蛟龙加害，所以害怕蛟龙的心理后来逐渐演变为崇拜蛟龙，以蛟龙为图腾，当时黎族人就有这样的图腾。

以蛇为崇拜物，是古雷州人确有的原始宗教活动，至今雷州半岛还流传着关于蟒蛇的传说故事。故事说的是古时候有个老头，他有三个女儿，一个比一个美丽。一天，他外出砍柴，归来时遇上一条巨大的蟒蛇。蟒蛇声言要娶他的女儿为妻子，否则就危害他的生命。老头把这事说给女儿们听，大女儿和二女儿死也不愿意嫁给蛇。只有最漂亮的小女儿，为了救父亲，流着眼泪答应了蟒蛇的要求。迎亲那天，老头一家都懵了，原来那蟒蛇竟变成一个英俊潇洒的少年郎。蛇郎与小女儿婚后一直过着幸福美满的生活。

这个蟒蛇的传说正是这一图腾崇拜活动的反映。

随着时间的推移，社会生产力不断发展，古雷州人逐渐由图腾崇拜演变成自然崇拜。在古雷州，人们对雷公的崇拜尤为明显。关于雷公的传说，雷州人是十分熟悉的，至今流传仍不少。比如雷公为洪水泛滥之后的兄妹做媒、牙门将军陈义是雷公遗卵之子、陈鸾凤勇斗雷公等传说，已在人们脑袋中滚瓜烂熟。海康县城西南还有擎雷山，山下有擎雷水。过去，雷州百姓常具酒肴，举行各种祭雷活动。雷州半岛多雷，又是干旱地带，古雷州人就把希望寄予雷公，乞求雷公呼风唤雨，降下甘霖，以保丰收。所以对雷公的崇拜，也是可以理解的。这与今天一些人利用宗教崇拜搞迷信骗人是截然不同的。

——原载于《湛江日报》1988年7月16日

水的无奈

凡事"偏激"些为好。因为在我们这个喜爱中庸的国度,不"偏激"就无法达到中庸,事情也就难以做下去。譬如同是刀抹脖子,倘是软刀子,或许尚未察觉便已丢了生命;若是钢刀子呢?恐怕还有几声好叫,算是醒悟。大兴安岭一场森林大火,毕竟使我们民族尖叫了几声,结果,林业的事情好办了许多。

如今该轮到水的问题了。据报载,长江将成为我国的第二条黄河,京杭大运河被千沟万渠割裂,鄱阳湖被围垦造田垦掉一半,洞庭湖的湖面仅存五分之二,巢湖面临消失,微山湖黑水长流,罗布泊和白洋淀已干涸……

不说不知道,一说吓一跳。然而,真正被吓一跳的人又有多少呢?熟视无睹、视死如归的倒是泱泱不可知也。大兴安岭森林是火,江湖是水,水火不相容,自然没有人叫几声。倘若水源的污染与干涸,像大兴安岭森林的火那样,危及许多人的性命,让几万人无家可归,那可就不同了,非"刮目相待"不可。可惜的是,水毕竟是软的东西,无法刺肌刺骨。

　　熟视无睹倒仿佛成了"正经",若是为水放声哭一声,那便是精神出了问题。"担心什么?天塌下来,有高个儿顶着。""杞人忧天。"说的也是,如今人们还不是照常活着,而且活得欣欣向荣、有滋有味。

　　视之漠然,忧之不得。这让我想起"嫠不恤纬"的故事,那绩织的寡妇,不担心自己织布机的纬纱少,而担心周王朝的灭亡会殃及自己。别的姑且不论,单是织妇的忧国,足以使那些凭依"水源丰富"而闭起眼睛来自负一番的人立地无颜。

　　然而,如果再说"无颜又怎样?反正水又不是我一个人的",那就只能心安理得死去了。

　　呜呼!

——原载于《中国环境报》1988年8月9日

无意插柳柳成荫
——谈无意识创造

创造，一般需要按照一定的程序去思考方能有所得。无意识创造是建立在程序创造法之上的一种散漫思维方式。它具有较强的时间性，常常出乎人们的意料。有趣的是，当程序创造遭到挫折的时候，也往往就是无意识创造成功的时刻。只要你不放弃，也别太刻意，放松精神，让思维无意识运动。许多成功的实例，有助于我们去认识这一方法。

固特异公司是目前世界上较大的橡胶公司，其发迹于固特异的"橡胶硫化法"。有一天，固特异在实验室做实验的时候，不小心把实验用的橡胶掉到桌下的硫黄上。他哀叹工夫白费了，就一边发牢骚一边清除粘在橡胶上的硫黄。谁知硫黄已渗入橡胶内部，除不掉了。他想扔了，又觉得可惜，就随手放在桌边，碰巧桌边的炉火正旺。当他沮丧地准备返家时，无意中摸到橡胶，发觉橡胶居然弹性很好，两手拉伸也扯不断。而在此之前，橡胶根本没有弹性，一拉就断。于是，创造在无意识中发生了。

可见创造这东西，有时候任你绞尽脑汁，也无所得；而有时候随手一动，便"得来全不费工夫"。日本某大学两个大学生做毕业论文实验，计划用烧瓶将氯化橡胶和环化橡胶溶解于甲苯中；不想一时疏忽，其中一个学生随手拿了PE（聚酯黏合剂）相配，而不是甲苯，结果一种新性能的优异金属黏合剂由此诞生。不幸成了幸运，"贝西默炼钢法"亦如此。亨利·贝西默在冶铁中，因焦炭不足导致生铁没有充分溶化，操作失败。他本想离开，但觉得不如向炉内吹入空气，至少可把炉壁搞得干净一些。谁知吹入空气后，生铁竟慢慢溶化。之后，他将溶化后的铁水浇铸，翌日一锤打，竟炼成了钢。自此，世界上有了炼钢技术。诸如"摩擦焊接法""聚四氟乙烯""电子烤箱炊具""聚乙烯"等的创造，也是同理。

无意识创造并不是任何人的随意性举动都可得的方法，而是需要有独创性思想做基础，又要有心注意某些课题，还要有不断扩展的视野。创造是一种机会，无论是谁都可能有这种机会，就看你能否抓住。古语所言，"有心栽花花不发，无意种柳柳成荫"，就包含着一种思考方法。

——原载于《南方日报》1988年8月30日

是父子，也应是朋友

每看一回欧美影片，不免就要感慨一番。人家的孩子往往叫父亲为先生，父子关系像朋友一般。初时甚疑，后才醒悟。人家的教育方式是：先朋友，后父亲。

想到我们的父亲们总喜欢深入角色，望子成龙。方式有二，一是溺爱，奉孩子为"小皇帝"；二是"塑造"，视孩子为附属品。

尊卑关系的形成，自是古时的罪过；而现在却去延续之，当然也是不对的。然而，我们的许多父亲却津津有味地去实施。只管教，不管你愿不愿意听；只管命令，不管你愿不愿意去做，从不会和风细雨地商量。父亲就是父亲，儿子就是儿子，儿子的决定权在父亲手中。作为孩子也只得放弃自己的主意，任父母塑造。

在父亲那儿感到自卑，往往在朋友那儿找回自信，因为朋友毕竟意味着人格平等，压抑成分少。因此，在这样的环境中长大的孩子往往逆反心理更强烈。

我想，提升我们民族的素质要转变教育观念，重要一点，是从与孩子的良好关系开始。男子汉们，暂且收起父亲的权威吧，和儿子交朋友，你一定会有许多新的发现和感受。

——原载于《广州日报》1988年10月6日

"菠萝大王"和他的菠萝

朱堪智　黄彩玲

> 一位记者曾说过,徐闻满地是宝,只是被惯于惰性和守旧的人们冷落了。是这样吗?
>
> ——手记

1986年夏,法国某菠萝研究所的一支专家考察队,悄无声息地进入了中国徐闻县县域。当他们踏上这片古老的土地时,随即便被这炎热而肥沃的红土地震撼了。呀,这是一块什么土地!是培植菠萝的天然良地呵!就像哥伦布发现美洲新大陆一样,灵敏的法国人当即决定在这里投资,建立面积达十万亩的菠萝庄园。不久,香港《文汇报》的记者获悉后,也长叹不止,称这块宝地竟是"养在徐闻人未识"。

然而,想已是徒然,叹也是无助。法国人的踪影尚未见到,崛起的却是黄家贵占地五千多亩的菠萝地。

关于黄家贵,褒之者有,贬之者亦有,沸沸扬扬,牛耳各执一端。

中共湛江市委、徐闻县委连续几年表彰他为优秀共产党员。《南方日报》《广东农民报》《湛江日报》等报纸也宣传过他和他的菠萝,民间人士更冠之为"菠萝大王"。

当我们见到这位短小精悍的"菠萝大王"时，他哪有一点"王者"的风貌？真难想象，承包如此规模的菠萝地，胆量该是多大？而我们把这意思告诉他时，他只是轻轻一笑："想出口气。"

"想出口气？"为国家，为本土，还是为了自己？

一

1981年春，乍暖还寒。

黄家贵大清早就用衣服裹紧瘦小的身子，嘴里直呵着热气，急急地往大队部走去。他要去证实一个他不愿意相信、也不忍心承认的事实：徐闻县曲界公社仙安大队农场风雨飘摇，连年亏损，发不出工资，再也无力支撑下去。

"你来得正好，老黄，我正为这事发愁呢。"大队负责人愁眉不展地叹道。

黄家贵颤抖一下，直觉很快告诉他，这一切都是真的。主观愿望毕竟改变不了客观事实。

怎么会呢？这可真是一块连金子都可以长出来的土地啊！如今变成了这样，究竟是何故？是惰性的幽灵在游荡，还是守旧的传统在作祟？黄家贵不由得愠怒起来。那年头，农场企业瘫痪停业是司空见惯的事儿。对于常人，只不过是一件很普通且没有意义的事。而对于黄家贵，却是震撼到内心世界的事儿。他太熟悉这块土地了。20世纪60年代初，他便是仙安大队的党支部副书记兼大队长，曾带领社员创办了仙安农场，当时的仙安大队由此一跃成为徐闻县赫赫有名的"百万富翁"。可如今，唉……

一声长叹，奇迹般舒展了大队负责人的愁结，以至他的眼睛和脸部都亮光起来。送上门的好货，岂不是天助我也？不必躬身三顾茅庐，卧龙竟愿自出山，何乐而不为？

黄家贵本想来问个究竟，结果却得到了一个收拾农场烂摊子的差事。

一阵唇舌，一番交涉。他咬了咬牙，认了。"好，试试看。我就不信农场活不了。"

不久，合约签订了。农场的1000亩土地，包括工人及经营权全归黄家贵一个人遣用。第一年上缴15000元，第二年25000元，第三年30000元，第五年后，每年33000元。

"世上艰难的事情，总要有人去做；多有风险的事，也要有人去承担。"这就是黄家贵的生活哲学。

上任后的第一天，他就想方设法把人们眼中的"问号"拉直成为"惊叹号"。俗话说：头三脚难踢。第一脚尤其关键。自信的黄家贵也不由得在心里默默祈祷：千万可要踢好这一脚。

他踢出的第一脚便是发布一道命令：在一千多亩的土地上都种上菠萝。人们在惶然中亮出大大的"问号"。

这不是吃豹子胆了？行吗？为什么不行？徐闻本是亚热带气候，是菠萝的故乡。愚公楼的菠萝在港澳是抢手货，享有盛誉。可在海外市场，情况并非如此。台湾引植菠萝，比我们广东慢了整整一个世纪，可人家的菠萝在国际市场上占有绝对的优势。作为广东人真是感到羞愧，尤其是作为占全省三分之一菠萝地的徐闻人，又该做何感想呢？

黄家贵要结束零星小块、像和尚百衲衣般的菠萝种植历史，以农场的土地，建立一个有一定规模的菠萝种植基地。

不知是哪位心理学家的话，自信是成功的一半。可那另一半呢？黄家贵在苦苦追寻着。逢有外出机会，遇上农艺技术人员，他总是凑上前去，打听菠萝高产的秘密；路过人家的菠萝地，便不自觉站在一旁细细观察一番。渐渐地，那一半隐隐约约地爬进了他的脑瓜。

密。对，就是这个密字。黄家贵为自己寻到那一半暗自高兴起来：传统的种植不是密植，所以平均亩产只有五百公斤左右。而若要改变这种做法，改疏植为双行合理密植，人家每亩种植1000株苗，我便可种3500株苗。

开始的时候，工人们都担忧着，重重的疑虑也使他不得不心存顾虑。土地的利用率和光能的利用率，个体和群体的协调，根、茎、叶、果均衡生长，会是怎样呢？

他又咬了咬牙，决定破釜沉舟了。只要深耕改土，合理施肥，善于管理，天是会遂人意的。即使失败了，也可以让后人从中吸取教训。

他等待着。他盼望着。

花开花落，付出了多少心血和汗水，聚集了多少焦渴和等待，终于皇天不负苦心人。一年后，黄家贵的菠萝平均亩产1500公斤，单产高达8000公斤，当年总收入达18万元。

人们眼中的"问号"直了，第一次露出了喜色。两年后，场里诞生了十多户万元户。几乎在一夜之间，黄家贵成了赫赫有名的"菠萝大王"。

而此时的他却苦愁起来。

二

雨朦胧，雾朦胧，整个曲界镇一片迷蒙。一辆乳白色的面包车，小心翼翼地在雨雾中缓缓前行。

黄家贵坐在驾驶室内，清瘦的脸紧绷着。他要去镇里的一所"清水衙门"去求救，而这事一旦公开，必将舆论大哗，成为街头巷尾闲谈的趣闻。

嘀嘀，司机揿响了喇叭。黄家贵转头看看司机，自己的儿子，一个已经结婚的二十多岁的年轻人。车厢里还有一位年轻女子。那是他聘请的会计兼秘书。关于她，自发的"街巷新闻社"不知发布了多少"桃色新闻"，曾使黄家贵怒不可遏却又无可奈何。现实便是这样，人言杀人。一条所谓的"桃色新闻"，即使不能将你置之死地，也叫你跳进黄河也洗不清，消耗你大量的精力，最终导致一事无成。美国作家马克·吐温说："我不怕狼，我怕人！"做人真难！黄家贵并没有屈服。五十多岁的老头了，怕你什么！他需要她。精明能干的她把农场的账目管理得一清二楚，而一手漂亮的钢笔字和灵敏的思维把黄家贵日常工作安排得妥妥当当。如果说他的事业取得了大的成绩，那么在这成绩中也揉进了她的努力。他感激地望了她一眼。他需要这样的人才。

面包车驶进了曲界中学。

中学校长惊愕好半天。什么？都是当爸爸的人了，还要读书？简直是"疯"了。

是的，黄家贵似乎"疯"了。他请求学校让他已婚的儿子坐进初二的教室。一些父母为劳力着想，从学校拉回自己的孩子，而他却送了一条精壮的劳力进学校。

"菠萝大王"送孙子的父亲去读书，读初中二年级。一条独家新闻，一个"重磅炸弹"，把整个曲界镇"炸"了，冲击波震动了整个徐闻县。

惊讶、嘲笑、讽刺、怀疑，人们当然不会理解他的疯狂和荒诞，也不会认同他的胸怀和远见。

在理会者看来，这是一种精明，是一种远见：完善的科学技术和管理方式，需要有知识且具备现代心理素质的人去掌握。在不理会者看来，这是一种疯狂，是一种荒诞。让已经当了父亲的儿子与初二的孩子们坐在一起，成何体统？

黄家贵倔强得很，只要他认定的路，九头牛也拉他不回。1983年，仙安小学兴建教学楼，资金不足，他将一部面包车卖掉，捐款3万元建楼。他知道，虽然他有精明的头脑，但他不得不承认自己的知识不足。他深知其中的苦衷，所以想让儿子继续求学。几经曲折，他终于如愿以偿了，中学破例让他的儿子成为初二的旁听生。

一个黄昏，在菠萝园边，黄家贵与儿子在细细倾谈着。老伴的指责、儿媳的吞泪、亲戚的规劝，他都泰然处之。他要的是儿子继续求学。父亲与儿子的心毕竟是相通的。儿子答应了,他忍受着难堪和嘲笑,走进了多年未进的教室,扮演不大习惯的角色。他渴望日后,能够自费到华南农业大学进修水果培植和管理。

黄家贵笑了。晚霞在这一对父子身上,镀上一层金黄色的光晕。

三

1985年的一天,黄家贵的家。

淡黄的灯光柔柔地洒满了厅堂。他静坐在椅里,默默地抽着烟,袅袅烟雾不住地遮住他那严肃的脸庞。厅堂里还有黄家一家人和亲戚朋友。

看来,他要学诸葛孔明闯东吴,舌战群儒。前不久,他与11户农民组成经济联合体,投资16万元,承包了墩尾农场的400亩土地。如今镇领导又上门请求他承包大㙟农场的3200多亩土地。他也应允了。近5000亩的土地,就在他一个人的手中掌握着。

"老头子呀,你不要命了,也不想想今年已经是多少岁了。即使是国家干部或职工,也该退休享福了,何必去拼这把老骨头!"老伴左一声劝,右一声叹。

"现在就是这样,成功没什么,失败可就没脸见人了。到时候说不定政策一变,把你定个暴发户,全没收掉。"亲友规劝道。

都有道理。黄家贵心里猛地一阵阵抽搐。他是共产党员啊,共产党员就应该让人从中看到共产主义实现的希望。

只剩下他自己了，笼罩在烟雾中的他，不知怎么，突然不安起来。

一批批参观者、取经人员纷至沓来。无休止地接待、接受采访，把他忙得团团转。他极不耐烦，但又感到某种心理慰藉和满足。而每当人走之后，他又觉得有种失落感和恐惧感，心理失去了平衡，有一个声音在提醒他。如果不居安思危，那么他黄家贵的轨迹也不过是一个圆圈而已，起点是终点，终点也是起点。

他要超越这个圆圈。

他反复盘算，论种植菠萝，我黄家贵是一把好手，人无我有，人有我优。一年四季都有菠萝果。第一年种下的菠萝第二年结果，比别人提早一年。

然而，恰恰使他苦苦焦虑的是，这近5000亩菠萝的销路何在？

他一直寻找机会，看是否有外商前来投资。

他盼望着能够生产经销一条龙。他盘算着，从海南岛聘请一些师傅，开办一间菠萝罐头厂。

他在忙碌地筹备着。不料，大量涌来的信息，叫他吃惊不已。

据说海康县收获农场已试制成功菠萝心罐头，受到省城宾馆的欢迎。

1987年7月，广州迎宾馆举行的广东省名优农产品展览报会上，展出了一个"剥粒菠萝"的新品种。这种菠萝不必用刀削皮，只需沿着果眼用手一粒一粒地把皮剥下就可以食用。且肉嫩味香，食用简易，儿童也可以自己动手吃。

令人震惊，"菠萝大王"确确实实感到了震惊。他一生从未听说有此品种。"剥粒菠萝"的出现，无疑是对传统的"巴厘""卡因"等品种的一个极大挑战。

识时务者为俊杰，精明的黄家贵脑瓜一转，迅速盘算着通过怎样的渠道去获得此品种，以便引植。

可是，黄家贵打错了算盘。他哪里知道，巨大的打击接踵而至。1988年菠萝价格大跌，而他还是大规模收果……他亏本了。

中国没有同情失败者的传统。黄家贵望着一大片一大片的菠萝地，心里一阵阵的剧痛。可他一点也不后悔当初的选择。

他去了。他又去求情，请求有关部门给予帮助。他需要一笔贷款，重振他的菠萝地。

高尔基说，暴风雨来了。

黄家贵咬咬牙，来吧！

沧海横流，方能显示英雄本色。

人生在世，顶天立地。

当我们再一次见到他时，他仍是轻轻一笑。

他还是他，还是那个"菠萝大王"黄家贵。

——原载于《湛江赋》（湛江市作家协会编，广东人民出版社1988年版）

沉默是可怕的

越来越多的人欣赏起沉默来，越来越多的人学会了沉默。成熟的标准有沉默，成大事者先得学会沉默。沉默是金，是银，是天空，是大海，独独忘了，沉默有时是可怕的。

我曾经是个沉默的人，家庭就制造了我这么一个沉默的产品。十九岁那年，我从师范学校出来，到一间公社中学教书。校长伐掉校园里的大量树木送给县里的领导，用公款买了鸡送给上司贺生日，老师们沉默了，我也沉默了，尽管大家的心里都疼得要命。然而，沉默并没有让这位校长意识到自己"真的激怒了大家"。当他再次挪用学校建楼用的钢材时，老师们开始告发、斗争，不再保持沉默。最后，以公肥私的现象少了。

沉默有时是一种包容，在心与心之间架起一座无形的桥，但很多时候，沉默又演化为一种怯懦，容忍那些毁灭美好世界的行径。记得我当初一班主任时，有一天，校园里冲入一辆手扶拖拉机，从上面跳下二十多个后生仔，揪住我班一个学生便往车上推。原来这个学生刚与那个村的人打了架。当时围观的学生非常多，但校长老师们都躲进房间保持沉默了。我也想沉默，但实在沉默不了，我是班主任啊。于是，我战战兢兢拨开人群，上前紧紧地搂住那个学生，声音颤抖地说："让我也跟他一起去吧。"一番交涉之后，那学生终于留了下来，当时我已是虚汗淋漓了。

如果我当时也保持沉默，那么……后果是多么可怕呀。我们常常埋怨社会秩序混乱，但谁也没有意识到沉默有时候就是一种纵容。作乱的毕竟是少数人，并不可怕；可怕的是大多数人在那里"保持沉默"。要知道，良好的社会秩序不是自然形成的，而是需要每个公民去建设，去维护。

我不反对沉默，沉默是金，沉默是美丽的。但我也要告诉人们，有时沉默是可怕的，甚至于是一种罪恶。

——原载于《广州青年报》1989年2月16日

汉代的"海上丝绸之路"

汉朝对外贸易交通的气势是宏大的,除了大家熟知的西北和西南的两条陆上"丝绸之路"之外,还有南部的一条"海上丝绸之路"。

"海上丝绸之路"的始发港在今天与海南岛一水之隔的广东省徐闻县。徐闻古港位于琼州海峡北岸中部,三面环海,可南出琼崖,东通闽浙,西往钦廉;沿中南半岛南下,可抵达越南、暹罗、南洋群岛及印度诸国。大秦(即罗马帝国)、天竺、波斯等国船只到达中国的目的港也是到徐闻。据史书记载,汉武帝曾派遣黄门译长率领应募船员,携带黄金和丝织品,由徐闻起航,经北部湾,折向南,沿越南半岛东岸,绕金瓯角,过马来半岛,穿马六甲海峡入印度洋,到达黄支国(在印度),返程经今斯里兰卡、皮宗等地回国,全程两年时间,与东南亚和南亚各国进行外交和贸易活动。由于汉朝时对海外贸易有严格的限制,只允许在边境地区进行互市贸易。因此,徐闻不仅囤积着大量货物与海外商人进行交易,而且许多中外船舶在此停靠,补充淡水和食物。汉朝也在徐闻设置左右候官,进行贸易管理。

汉朝为何要选择这个南部荒僻港口为对外贸易港口呢？除了汉时只允许在边境地区进行互市贸易外，重要的是，前117年，匈奴占领了河西走廊以西的大部分地区，中断了中西方陆路交通。

——原载于《少年文史报》1989年3月13日

徐闻罗斗沙岛的响沙之谜

徐闻县有个罗斗沙岛,孤悬海中。岛上除了两片树林之外,尽是沙滩。沙滩的沙质细而均匀,每到清晨,海风乍起,便飞沙走尘,自是一番风景。尤为让人惊奇的是,当你的脚板用力碾压沙面时,便会响起一阵一阵奇妙的声音,像是音乐般悦耳。

其实,罗斗沙岛并非是响沙岛,只是碾压到"某处"才会有声音的,而此"某处"的面积很小。令人感兴趣的是,为什么脚板碾压沙面便会发出声响?据有关人士介绍,沙中蕴藏着金属矿物质,与人体接触摩擦便会发出响声。沙层下是否有金属矿物质,我不敢妄自判断,但"碾压"产生的鸣唱,恐怕是跟空气的振动有关吧。

罗斗沙岛海水四合,掘地一两米,便可见水。这些水经过沙粒缝隙涌出,然后蒸发到空中。这样,在一定厚度的干沙层下,是空隙被水饱和的湿沙层。当你的脚板用力碾压沙面时,干沙层中的空气急剧受压并向下逃逸时,就受到湿沙层的阻挡,相互撞击,于是发生振动,发出声响。这里要指出的是,干沙层的厚度是发出声响的关键。

如果干沙层过厚，空气就有较大的逃逸空间，就无法产生振动，也就无法发出声响了。同理，如果干沙层过薄，空气量不足，同样也无法发出鸣响。所以，干沙层要达到恰当的厚度才行。这就是为什么岛上有的地方碾压会出现响音而有的地方却保持沉默的缘故。

——原载于《湛江日报》1989年5月13日

性风吹得"花儿"醉

以前有一句很流行的话:"性风吹得文人醉",说得只是文人。如今,有些"祖国的花朵"也被吹得差不多醉了。如果不是在《中国妇女报》上登的,你决不会相信这事是真实发生的。一个只有六岁的男孩,在幼儿园里竟抱住一个女孩亲嘴,把人家"咬"得嗷嗷叫,还说:"我要她做老婆嘛!"直到老师斥责后,他还毫不在乎地说:"我还要跟她睡觉呢!"一问,才知道他爸爸妈妈就是这样的。

言传身教,是我们中国人教养孩子的老例。但时至今日,这老例却出现了倾斜。言传的人倒是不少,但身教的人就不多了。其实,千百次的言传,都抵不上一次身教的威力。上面那位六岁男孩的父母如何我们姑且不说,毕竟尚有余地修正。我们这里说的是一个十二岁的女孩,父亲长期在外地工作,母亲却经常带着一些不三不四的男人回家,当着女孩的面做些不堪入耳的举动。有了这种"身教",这女孩后来便也有了多次"爱的尝试"。

心理学上把十二至十五岁这一时期视为"青春危险区"。其实,说危险，实是指抵不住诱惑，寻机涉"险"试一试。家里的"身教"固然促发了"试一试"的欲念，外界的"教化"更是刺激了这种欲望。遍及各地的影视录像室，半裸美女的广告画、极富挑逗的性淫秽词句，每天都在给路过的孩子们"上课"。到处都是性示范、性渲染、性刺激，校园有限的传道再也无法关得住孩子们，因为"外面的世界很精彩"，精彩到七个十四、十五岁的男孩，也模仿录像上的情节，把一个在学校附近马路上徘徊的年轻妇女挟持到教室里轮奸，"试一试"滋味。在校园被禁锢的东西，却在"外面的世界"学会了，并且去"试验"了。这些孩子们！

性风吹得文人醉。有成熟思维的文人尚且"醉"了，况且那些本来就缺乏免疫力的"祖国的花朵"？

警惕啊，人们！救救孩子吧！

——原载于《福建法制报》1989年5月17日

且说"愚父之策"

据《中国妇女报》载,北京市某学校有一女生,因贪玩未完成作业遭老师批评后,怕父亲责怪,便写下"上午老师打骂我,并不让同学跟我玩"的字条,离家出走,次日才归。当天女生的父亲见字后,便径直奔往学校,怒气冲冲地把正在上课的女老师从教室里拉出来,当众用学生的作业本抽打老师的脸,结果当然是被公安局行政拘留了。

孩子之所以会搞这个"愚父"的花招,看来与这位父亲搞过"愚儿政策"有关。据有关教育部门的一次调查证实,爱撒谎的孩子百分之八十与他们的父母有关。当然,为父母者并非有意愚弄子女,或许仅仅是为了脱身或其他缘故,哄哄吓吓而已。然而,为人父母者哪里知道,这哄哄吓吓的"愚儿之策",导致了下一代的因袭。

孩子一次受"愚弄",不过记在心上就算了,但倘若年深日久,一旦沉淀长久,势必物极必反,以子之矛攻子之盾,杀你个回马枪,父亲被"杀"得回不过神来,只得乖乖任由孩子牵着鼻子走。

"愚儿之策",充其量,不过是给孩子增加些心理负担。而"愚父之策"就不同了,可以使为父者失去涵养。况且孩子长大之后,自然也学会"愚民",甚至"愚国"。当今社会上流行的那种坑骗别人的"流氓意识"之公害,想必很多就是始于这"愚父政策"吧。

——原载于《中国妇女报》1989年5月24日

爱情不是为了改变对方

清晨起来,男人面对的是整个世界,女人面对的却是一个男人。"男人通过征服世界而征服女人,女人通过征服男人而征服世界。"曾经有人这样说过。但无论怎么说,女人征服的矛头只对准男人。在女人而言,爱情和婚姻的一个要素,就是绞尽脑汁去改变、塑造男人,以适合自己的理想模式,增添自身的荣光。唉,女人啊女人!

你下班回家,累了,躺在沙发上放松。她就开始干涉了,叫你先换上室内衣裤再坐沙发,说是要爱清洁;你看报纸,"坐如钟"才行;你要吸烟,她怕熏染了窗帘,说是要有好习惯;你要看书,她要你上舞厅,说是人要潇洒;你不顺她的心,她就半天不出声,让你直摸不着脑瓜,说是要懂得观言察色。真像凯利的《克里伊克之妻》中的女主人翁哈里克利的女人,"她喜欢整齐,把家里整顿得发亮。椅子稍微歪一点,她不舒服。因为怕东西被搅乱,便不欢迎朋友们来访,把平凡而乐天的丈夫,当作扰乱家庭秩序的为害者"。于是,尽管你爱她爱得要命,可又不得不尽量拖延回家的时间。若被她知道了,她便委屈地呜咽起来，期期艾艾地说："我这样做，可不都是为了你好！"天呀，这样的好心，你怎样承受得了。

你是我的，我是你的。热恋中的人都这样的傻相。其实，你是你，我是我，谁也占有不了谁，谁也改变不了谁。刻意去改造对方，反而让对方生畏，伤害爱情，伤害婚姻。女士们，温习温习下面一句话吧，也许使你受益无穷。

婚姻长期保持下去的秘诀是：不要改变对方。

——原载于《广州日报》1989年5月28日

"心死"的背后

读《鲁迅之忧未尽》（载于《法制》1998年第12期，下文简称《鲁》）一文，甚是慨叹世风日下。辽宁省某地发生特大强奸案，有百号人围观却无一人挺身而出，所以《鲁》文也就愤愤然："只要被强奸的不是他们的妻女，这些人就不会有所愤慨了。悲乎！哀莫大于心死。"

见死不救，无论出于怎样的理由，都是一种罪过。然而，倘若说他们全都是"心死"了，那倒有点冤枉他们了。我相信，在这百号人中，同样不乏满腔怒火且愿见义勇为的人，只是现实的沉重使他们迈不开脚步，喊不出声音罢了。不管怎么说，他们最终未能挺身而出见义勇为，其行为也与心死无异。但是，在这心死的背后，我们是否还应看到一些什么？

虽然我们的社会是鼓励见义勇为的，只要有英雄出现，从做报告到电台广播无不忙得不亦乐乎，但一时的荣誉过后，见义勇为者的遭遇却常常令人可悲可叹。安徽省太湖县女青年胡艾莲，在罪犯点燃自制炸药瓶的导火索,将炸药瓶抵住女营业员胸部的关键时刻,她不顾一切挺身而出与罪犯搏斗。结果随着爆炸声,胡艾莲脑部严重受伤,倒在血泊中。安徽省授予这位二十三岁的女英雄"见义勇为者"一等奖。荣誉有了,但生活却成了问题。胡艾莲的上司是罪犯的胞兄,自然不会放过胡艾莲,结果也自然是胳膊拧不过大腿。胡艾莲只得卷起铺盖回到穷山沟艰难度日。为了给她治病,哥哥卖掉了准备结婚用的木材。乡亲们感叹说:"做好事难得好报,以后这种傻事做不得了。"见义勇为的结果,竟是使许多人得到一条"教训":这种傻事做不得!你说,叫不叫人心酸?《中国青年报》感叹:"女英雄一面受奖一面被开除,掬一捧英雄泪。"

见义勇为反遭遇不公,这种事报上时有披露,所以即使有见义勇为的想法,人们不禁犹豫,望而却步。想20世纪五六十年代,街上出现扒手作案,一人呼喊,万人齐捕,真可谓"老鼠过街,人人喊打"。可如今,大家都视而不见了。见义勇为又怎样呢?你前脚将罪犯拧进公安局,罪犯后脚就跟着出来,你以后还敢心不死吗?前不久,报上披露的广东省某县发生的两宗特大流氓集团案件和赌博案件,不就是这样?他们为何敢为非作歹达四年之久,是公安局耳朵失聪?不是的。用这帮人的话来说,你就是告到公安局也没用,公安局有我们的人。尽管新的公安局长上任,咬牙扑灭了这两个团伙,但仍有些主犯跑了。公安局每次得消息去围捕,罪犯总能事先得到消息而逃之夭夭。屡次围捕屡次扑空,奇怪吗?明眼人都知道的。

当然,我们每个人都有不做恶事和制止别人破坏社会秩序的责任。

但是，这种责任只有同司法机关的震慑力量拧成一股力量，才能战无不胜，营造一个良好的社会氛围。

——原载于《法制》（广东）1989年第6期

灭鼠与经济头脑

年年灭鼠,年年鼠犹在。因何缘故?恐怕与缺乏经济头脑有关。

近读《现代人报》一则消息,说浙江的"捕鼠大王"孙朝明,三年多来,凭着一只自动电子捕鼠器,实行每公斤两元计酬的有偿捕鼠,共捕获老鼠79000万只,收入3万多元。

孙朝明捕鼠,不是单纯地装装门面,驱赶老鼠,而是把捕鼠与经济挂钩,成为全国独一无二的捕鼠专业户。此人颇有经济头脑。

话又说回来,单靠孙朝明的本事,老鼠绝不会灭迹。老鼠的繁殖能力是很强的。几个"捕鼠大王"拼命捕鼠,数以万计的老鼠拼命下崽,老鼠家族的鼠丁越来越兴旺。所以,一个"捕鼠大王"是不够的,千百万个"捕鼠大王"方能灭绝鼠害。

要使千家万户成为捕鼠专业户,须得政府出面组织。我想,与其爱国卫生委员会年年花钱买药投放,倒不如省下这笔钱,组成一个"老鼠收购公司",按价收购老鼠。有了收购老鼠的地方,不用你动员,捕鼠专业户自会一拥而起。君不见,现在的野生动物,藏得如此隐秘,道路又是如此艰险，仍有人视死如归，勇敢捕捉。就因为这东西有好价钱。近闻孟加拉国首都达卡市对付蚊子有妙法，就是"高价求蚊尸"。该市市长宣布，无论是谁，只要交给政府一公斤蚊子的尸体，皆可即时领取相当于33美元的报酬。

灭蚊与灭鼠一样，在确实没有其他有效途径的情况下，不如试试"高价求尸"法。如何？

——原载于《深圳特区报》1989年7月17日

选 择

人生也许就是那么一种不断反省的选择吧,我总是这么想。

那年那个寒夜,在那排长长的梧桐树下,你紧紧地依偎着我,迎着好冷好冷的风。在这时刻,什么都可以想,什么都可以不想,只让心怦怦去诉说。

"你干吗要报师范呢?"你直起头来看我,"要是当初早就认识你,我决不会让你去报考的。"说得轻柔,说得甜美,但里头却有股叫人无法抗拒的寒流。只有我才感觉到,这世界上。想必。

"为什么?"我突然想起了你曾有过的"不嫁老师"的誓言。

你被我逼视不过,就埋下头去。"好男儿是不当老师的,应该朝别的方面发展,懂吗?"

"我懂。当老师的都懂。但总得有人去当老师呀。"

"你就没有考虑过'改行'吗?"

"想都没有想过。"

"真的死心眼了?"

"真的。"

"是什么把你给迷住了,这么死心眼。"

你一环扣一环地追逼,不肯放过。苦口婆心地劝说我,声音痛苦得发颤。我轻轻地梳理着你的秀发,什么也不说。就这样静默着,静默到周身的血液又重新涌到脸上,全身发抖,禁不住用双臂把你来个紧紧地箍住,在你的额上留下一个深深的吻。

"小时候,我曾立志长大后要做伟人,念中学时,又觉得做伟人太辛苦了,便转志向改为伟人的助手。但现在,我知道我能做伟人的助手的机会也实在渺茫,所以又改变主意,决定做伟人的老师。"

我不知从哪里"偷"来的这段解释,却把你逗笑了。你说我滑头,其实是你搞错了,天下老实的就我一个。

"现在你就不想改变自己了?"你又出其不意地来个"柳暗花明又一村"。好个你。

其实,谁不想改变自己?然而,人是那么容易改变的吗?当初你不就是不愿意放弃写作而去学习"厨房式的贤妻良母",才留在这块土地吗?什么都可以改变,难改的就是这初衷。每个人都拥有健康成长的权利,你只能帮助他,却不可改变他,把他"削"成你的生活模式,那是侵犯人性。

你明白了。你说再也不会苛求别人。爱不是为了改变别人,而是使人更加完善。我笑了,你也笑了,第一次给我长长的一吻。

头上的梧桐叶在沙沙响,天上的星星和街道的灯也在絮语,今夜好美。

我选择了老师,你选择了我。

——原载于《广州青年报》1989年8月3日

婚宴大中毒

引子：食客们的乐土

世界上食客之多，中国为先。单说如今吧，无论是男婚女嫁、寿终送葬，或者亲朋串门、团体外出，头一件大事就是赶制一顿饭菜，团桌或席地，而后才入正题。甚至见面的第一声招呼，也往往是那么一句："吃饭了没有？"

何故？一言蔽之，民以食为天。

大千世界，食客泱泱。但他们的情感并不是殊途同归，而是林林总总。他们或为凑热闹，或为求刺激，或为尝美味，或为寻快感，或为解忧闷，或为应情面……

或许正是基于这样的原因，作为情面和心理攀比的婚宴才日益繁盛起来。据说温州人婚宴送上的第一道菜竟是银闪闪的自动手表，每只价值一百五十多元，任食客们各拣一只作纪念。如此，食客们何不乐陶陶？

是哪，能不去吗？"不吃白不吃！"如今时兴的生活原则和伦理观念。然而，在一片觥筹交错之中，食客们哪里会意识到事物的转化总是向着自己的对立面转化的呢？

1987年10月16日，广东省徐闻县大黄乡那练村。

这天早晨，被人声犬吠声折腾一夜的那练人突然发觉，整个村子好像拥挤起来，以前许多空阔冷清的地方，顿时成了单车、摩托车、面包车、手扶拖拉机等交通工具的停放场所。而且村头的那条路，接二连三地走来一群又一群形形色色的陌生人。自从村庄建成的那一天起，那练村恐怕从来没有集结过这么多人。

穿过一行林木，拐过几间屋舍，便可听到嘈杂的声响。大红的对联、人头攒动的食客，那场景，那阵阵的爆竹声向人们宣布：骆家娶媳妇了。

一批食客起身走了，桌面上杯盘狼藉。男食客打着饱嗝，剔着牙缝；女食客拎着残菜剩饭，回家还可以够一餐两餐。

又有一批食客入席。其间，那位言语不清、听话要提起耳朵、再三重复才入耳的长者，也突放红光起来，人逢喜事精神爽。后来才知他已有八十二个春秋。

上菜了！一时端杯举箸，各显身手。一杯酒下肚，话多如树根，好一阵热闹。查阅骆家的礼金簿，食客多达一千两百多人，分别来自全县6个乡镇28座自然村。

然而，正当食客们乐不可支的时候，潘多拉的盒子悄无声息地被打开了……

潘多拉和她的盒子

时间仍是10月16日夜。

徐闻县人民医院。

突然，铃铃铃，值班室的电话铃急促地响了起来，划破夜晚的静谧……

一阵阵刺耳的马达声颤抖着，十几辆大客车、面包车、救护车、手扶拖拉机载满病号涌了进来……

医院没有了固有的平静。

湛江人民广播电台、广东珠江经济广播电台《湛江日报》《南方日报》等新闻单位迅速将这里发生的事情传向全国：

徐闻县那练村发生一起严重的大规模的集体食物中毒事件！

广东省委有关领导打来电话，湛江市领导也来了电话，湛江市卫生局副局长带领医生星夜赶来。徐闻县委书记朱华生、县长林辉和副县长唐国松早早赶到那练村研究抢救措施。

医院，在一片嘈杂声中，一幕壮观的场景出现了，救护车上走下一大群一大群神情憔悴的人。他们或捂着肚子呻吟，或刚一下车便蹲下来吐个痛快淋漓，或无力地躺在地上辗转，或靠他人搀扶、搬动才能下来……现代交通工具源源不断地将这骆家婚宴上的中毒者送了进来。人满为患。中毒者究竟有多少？经统计，共513名！天呀，医院显然支撑不下来,一个小小的县级医院,哪里能腾得出五百多张空床位?

篮球场的灯亮了。五百多张草席把球场铺满,像是世界上最大的一张草席。一条条穿越空间的铁线临时代替了输液支架,2500毫升的葡萄糖、盐水通过输液胶管,流入中毒者的血管。如果不是目击者,也许你会误以为是一所伤兵医院呢。

中毒者呢?蹲着的,躺着的,蜷曲着的,打滚的,捂肚的,呕吐的,腹泻的,乱七八糟,简直像个鬼蜮世界。几百名食客木头般排列在球场上,呻吟声一片,呼喊声一片,失去了婚宴上的喜庆热闹,失去了举杯时的兴奋,剩下的是精神委顿,一脸菜青色……

痛苦吗?然而不经痛苦,又何来觉醒?

中毒者画像

潘多拉的盒子被打开了,灾难飞了出来,希望却永远留在盒里。从此,人类便开始在灾难与不幸中较量,求生存,求健康。骆家婚宴上的五百多人食物中毒,其不幸的根源在哪呢?是化学因子,还是生物因子?如此大规模的集体中毒,显然不是化学因子,而是病毒和细菌造成的流行性传染病这种生物因子在作孽。医生们下了定论。可又是什么毒菌呢?湛江市和徐闻县两级卫生防疫站的联合调查组,寻访了所有的中毒者。

画像之一：胖厨师和他的刀叉锅勺

亚热带的夜，像是浸了油的纸，半是朦胧，半是透明。而远远望去的那练村，却隐隐放着火光。骆家的十几个大灶不敢喘气地熊熊烧着。

"快把大麻鱼抬来！"

胖胖的厨师陈师傅抖动着脸部多余的脂肪，甩掉一把大汗，大声呼唤伙计来帮手。

一百多斤的海产大麻鱼分别伏在几个箩筐里，由几个彪形大汉抬来。陈师傅把手往肚前的围布上一擦，铺开砧板，操起刀，抓过一条大麻鱼，三下五除二，纯熟、利落，鱼肉和鱼骨便分了家。眨眼工夫，几筐大麻鱼便成了两座小山，一座是鱼肉山，一座是鱼骨山。鱼肉剁碎后加工鱼丸鱼饼，鱼骨呢？陈师傅嘿嘿几声，便丢下锅去——鱼骨汤，鱼之精华，陈师傅懂得吃好货。

鸡鸭煮熟了，没有餐具盛放。陈师傅指挥着："放在箩筐里！"砧板也懒得洗了，反正，不干不净，吃了没病。陈师傅提起鸡，便开始切了起来。

直到喉咙快冒火了，陈师傅才猛然记起鱼骨汤，急忙去尝味道，哟，老王等六七个师傅已抢先一步。甭管了，陈师傅也拿过铁勺，仰起脖子直灌……

良久，陈师傅发觉自己的肚子里像在擂鼓，又像有人在里面翻筋斗，阵阵绞痛，只得蹲下身去。此时，一股液体直冲肛门。他知道大事不好，便捂紧肚子，快步奔往旁边的蔗园。谁知还未进入，里面便冒出一个人影，吓得他软了下去，液体急急而出。原来是提着裤头的王师傅。

"你也……"

"你也……"

几乎是同声而出。不用说，他们都饱受拉肚子的"苦痛"。

当我们在医院见到他时，他一脸懊丧。

"你当初切鸡鸭时，为何不冲洗砧板？为什么把熟鸡鸭放在盛过生海鱼的箩筐，不怕污染吗？"

"我哪里知道？"

"你知道《食品卫生法》吗？"

"知道。"

"看过没？"

"没有。"

其实，又有多少人看过？是啊，又有多少人看过！如果我们的厨房人员都看过《食品卫生法》，那么，因"嗜盐菌"引起的细菌性食物中毒，是完全可以避免的。可是，人们呀，总是相信"百闻不如一见"，总是要躬行才可，非要见到棺材才流泪不可！

画像之二：从未吃过药打过针的大汉

"我是9点钟的时候去喝喜酒的，村里的弟兄结婚，不去说不过去。回来后，开头还没有什么异样，照样开手扶拖拉机。午后，麻烦事就来了，开始是头晕眼花，接着头也跟着疼起来。起初我以为是日头太毒，晒的，可是后来头像针刺一样阵阵剧痛，浑身淌汗。我疑心是中暑了，就去泡杯热茶喝下去，谁知茶水下肚，反而咕咕地响起来，搅乱肠胃，心发闷，老想吐，坐也不是，睡也不是。我知道这次过不去了，就屏住气，收缩肛门，拼命想控制肚里的酸物下坠。毕竟挡不住，我明白自己要'开闸'了，就赶到坡上，这次足足蹲了十二分钟之久。拉完后，舒服多了。等我转头一看，我的妈呀，拉一肚子水出来，还有血水，真把我吓死了。以后，每隔一些时间，我就上一次坡。不瞒你说，几个钟头内，我一连拉了六次了。最后连走动的力气都没有了。再强的后生，也经不住这么'痛快淋漓'几次呀！

"说起来真惨，我邻居几家，谁都说喝喜酒就肚痛，又拉肚子，个个哟哟直叫，吃了保济丸、保和丸也无济于事。我祖婆说是犯了神，要烧香、请巫婆，直到村里广播响了，才恍然大悟，然后赶紧到小学球场上集中。"

"听说你呀，从没吃过药，也没打过针，是吗？"

"是的。我长这么大，很少去医院，看我的身体，不需要什么药。不是江湖骗子卖膏药，有一次我陪人家去县医病，怎样挂号、哪个科看病，我都得问人家才知道，闹了笑话。"

"那么这次呢？"

"药也吃够，针也打够了。"

画像之三：田埂上捡回来的孩子

"英婶，英婶，你家小孩怎么啦，睡在田头打滚，吓死人了，快点去看看。"

这是一个八九岁的孩子,脸色发青,嘴唇发紫,浑身寒战,鸡皮疙瘩浮凸在皮肤上,胸前衣物上一堆酸黄物,难闻。

"小强——"妈妈不顾一切地喊叫,十分的恐惧。

"妈,我冷,我好冷呀……"孩子战栗的嘴唇里,发出一丝微弱的声音。

哇——,又一股胃内分泌物冲口而出,喷在妈妈的身上,臭酸,谁看见谁不舒服。

"妈,好渴呀,水,水……"

一碗水端来,咕嘟嘟下肚,又一碗水送上,又咕嘟嘟入肚,还要端来……

妈妈战栗了,"小强,小强——"

"水,水……"仍是那丝微弱的声音。

脱水!!!医学上的名词。

噼噼啪啪,像是泄了气的车胎,有一种轻微的声响,接着一股厕所之味涌上了鼻孔。

母亲颤抖的手往小强臀部上一按,微热,柔软,黏糊糊的,——腹泻了。

"冷呀,冷呀……"

一床棉被紧裹着孩子。妈妈认定是得了"伤寒病",遂赶紧送往医院。

这时,村头的广播响了。什么?中毒?哎呀,妈妈双腿一软,跪了下去。

在医院里，她流着眼泪对我说：

"小强去学校，我就去喝喜酒，不去不行呀，村里头的事情，日日夜夜见面，怎过得人情去。菜上桌了，我们就每人分了一份，倒入塑料袋里，提回家来吃。我一点也舍不得吃，留着给小强回来吃，谁知老天不生眼，差点害了我的儿子……"

又是一阵抽泣声。

骆家素描AB

那练村，愁云惨雾笼罩着，骆家食客已住进了医院。一群群苍蝇乘虚而入，打旋，跳跃，嗡嗡地吹着喇叭，仿佛正在看高级动物的热闹。

骆家的人呢？

素描A：骆某吃了后悔药

骆某，大黄乡那练村干部，共产党员。

"再也不做那样的傻事了！"骆某悲戚地对全家人说。不，还有两口不在，因食物中毒未愈的老母和十三岁的女儿。

骆某曾经领了许多"人情"，乡亲们的喜酒他也去了，这次大儿子结婚，如果不摆上十桌八桌，那实在是跟乡亲们过不去。尽管骆家并不富裕，除了骆某的工资外，全家一年的收入，也不过两千多元，但结婚是大事,一生只有这么一次,借钱也要争这面子。谁知会遇上这么大的灾难?且不必说办酒席借来的七千多元,仅这五百多人的医疗费用,就已达一万多元,这以后的日子可怎么过?

骆某扬起他那悲戚的脸。"作为共产党员,我也知道铺张浪费办婚事不对,但总感到人情债,要还。人家结婚请我,我家结婚不请人家,怎么行?这次沉痛的教训,给了我一剂清醒剂。"

痛悔,仅仅痛悔就行了吗?

素描B:洞房内新娘的哭泣声

洞房,悲戚戚,惨淡淡。新床上的大红被子凌乱不堪,费了一个星期布置的新房,杂乱无章。新郎闷闷不乐,新娘坐在床头抽泣。洞房花烛之夜,良辰美景,人生最幸福的一刻,可现在……

带着一身芳香的她,被陪嫁姐妹们围拢在大镜前,你捏捏我摸摸,说今天怎么变得特别漂亮,一位调皮的姐妹搂着她的脖子,附在耳边说:"今晚你要和伲官睡在一起,怕吗?""嘻嘻嘻……"乡村妹子的笑声几乎挤破了小小的房间,可她心焦如焚,近中午了,迎亲的人怎不来?他呢?

"新郎官来了!"

外面鞭炮一响,她就知道他来了,她的心剧烈地跳动着,羞涩地等待着……

"姐,厕所在哪里?"好刺耳的问话,有一来就问厕所不问新娘的接亲小伙子吗?陪嫁的姐妹们"哗"地笑了。

问话的小伙子红了脸，可顷刻间便又是一头大汗。他脸色变黄，捂着肚子朝屋后奔去。接着，奇怪的事情又发生了，其他接亲的人呢？一看，全向灌木丛、蔗园散去了。

新娘傻眼了，姐妹们也傻眼了。

迎亲的小伙子们有意躲开众人的目光，似乎在掩饰什么。新娘带着一脸疑惑到了新郎家。

骆家。洞房。新娘子哭了。

尾声：如何挡得住这人面情海

骆家的"人情战争"结束了，五百多位宾客中毒入院，幸好无一死亡。但，谁又敢保证以后呢？

中国之大，莫过于人情淡薄最可怕，一张请柬一声口嘱，足以逼着每个人跌向巨大的"人情网"。想摆脱吗？谈何容易！何况我们中国自古就有这样的传统。"敬人者，人恒敬之。""投之桃李，报之琼瑶。""礼尚往来"便是明证。这也难怪，我们毕竟生活在社会上，是社会化的人。

有人说，人情是农业文明土壤上滋生的文化，愈是商品经济发达的地区，人情越淡薄，西方资本主义便是这样，可中国呢？

人情是一场永不休止的战争。

但，死亡是不顾情面的。

一家人团桌而餐，享受天伦之乐，丝毫未在意过饮食里还有安全一说：社会走向文明，有的地方的农民，手里捏着大把钞票，但从不习惯于刷牙、洗手。菜熟了，把手往身上一抹，拣起直送口里；一家几口人，一年十二个月，共用一条毛巾，洗澡擦手皆是如此……

能说没有情吗？

洋人说我们中国人最大的缺点是脏，有道理乎？

总是等到出事了，才记得"亡羊补牢"，若是利刃架在脖子上，还会叫痛几声，倘若是软刀子呢？那就只得等死了。

都是衣食饱足，方知荣辱。然而，保养，健康，卫生，知否？

中国，需要淡化人面情面。

中国，需要革除民族陋习。

——原载于《半岛文学》1989年第9期

"发财术"拾遗

读了许多论述发财的书,无论怎样虔诚移植,到如今还是"两袖清风,囊中空空"。后来才明白,专门出版发财的书也是一种发财术。

然而,精读这些发财术的大全后,又觉得似乎有一点增补才好。毕竟"智者千虑,必有一失"嘛,所以这里也就不妨补补。

术曰:要发财,伸手即来。

这"伸手"并非是乞讨,而是文明地"借"。既要借得光明正大,又要借得有理有节。譬如说吧,有一项工程,造价要达百万人民币,你要承建,那就得来"烧香",送十万块钱的"茶水费",不收;造一座四层的小楼房送,也不收;彩电、电冰箱之流,更不用说了。须知,如今风声正紧,收了,便是"受贿",党纪国法不容,我这乌纱帽还想多戴几年呢。但若就这样脱手,似乎又心有不甘。这样吧,这项工程需建造近两年,你先借给我三十万元,两年后一定归还。

你瞧,秘密全在这"借"字里头。"借"这三十万,且不说向私人放高利贷,就说放在银行里定期两年,通过"贴水储蓄",一次性就可领利息几万元。

两年期满，再从银行提取那笔钱"完璧归赵"。有借有还，十分公平，且又皆大欢喜，确乎为一大发财术。

从长远来说，借总比收好得多。收，无论怎样都摆脱不了"受贿"之嫌，纸包不住火，总有曝光的一天。借，就不然了。借得堂堂皇皇，借得正正当当，任你怎样"鸡蛋里挑骨头"，也天衣无缝。倘说"收"是"暗"火执仗，"借"是"明火执仗"的话，那倒也不怕。因为咱们"明"得有理，而有理就可以走遍天下。

要想发财，请伸出手来。不过，这样的伸手发财，要注意有一天手会被斩掉的。陈毅元帅告诫说，手莫伸，伸手必被捉，还是不伸手为好！

——原载于《湛江日报》1989年9月16日

"宋人学盗"的启示

《列子》里曾记载过一则故事,说的是宋国有个姓向的人,家贫如洗,却整日渴望发财。有一次,他听说有个姓国的人生财有道,便去请教。姓国的告诉他:"想发财容易,那就是善偷。一两年就可以丰衣足食,三年就可车马盈门,金银满屋,还可以接济乡亲。"这姓向的听了,满心欢喜,就日夜翻墙挖壁,凡是眼看见手摸到的都偷,结果人被告官,家产被查封。他怒气冲冲地去责问姓国的。谁知姓国的却哈哈大笑起来。"告诉你,天有四季节令,地有资源肥力,我偷的是天时地利。"

同是"偷",原来姓国的是"春播秋收,冬藏夏晒",姓向的却是"眼见手到便抓"。如今想来,则是十分可笑。然而,君不见,如今日夜偷挖共和国柱石的"向姓者",还大有人在!

且不说跳梁小丑明火执仗式地偷,单单说某些公务人员的"偷"法,就足够让你惊讶的了。有的公务人员管基建工程,得有巨额回扣费才行;有的税务单位的,请吃一顿饭,就可以少收一两万;有的工商部门也"不烧香，不进香，不发营业证"；有的企业挂上学校招牌，为的是免税；还有的组织个检查团到下面检查，也可以满载而归。至于小单位向大单位"烧香"，小官向大官"进贡"，这样"合情不合理"式的"偷"，就更不必谈了。而最为明显的"偷"，就是用公款吃喝。一年可以吃掉十年的教育经费。就在这吃喝中，党的威信被吃没了，老百姓的信心被吃没了。

当然，社会上"偷"的方式林林总总，但上述种种的"偷"，包括"合情不合理"式的偷，无论理由是何等堂皇，本质上跟姓向的都是一样的。对于这些偷挖共和国柱石的人，也应像对姓向的一样，人绳于法，货归于库，严加惩治才行。

——原载于《科学文化报》（广州）1989年10月3日

"情绪心态"忧思录

倘若你留意,就会常常见到这种现象:明亮的路灯突然被打碎;街旁的垃圾桶突然被踢翻;漂亮的玻璃电话亭突然开了个窟窿,话筒不翼而飞;贴报栏上刚贴的报纸或广告牌上刚贴的广告旋即被撕烂……如果抓住了肇事者,他(她)会若无其事地告诉你,这样做是为了"寻开心"。

心理学家认为,这是明显的"情绪心态"。由于我们目前所能提供的情绪发泄渠道尚少,有些人往往把生活、工作、爱情、交际中的不如意一股脑儿全倾泻在"破坏"上,借以获得心理上的平衡。

然而,无论怎么说,这种"情绪心态"毕竟给正常的社会生活秩序带来了一定的影响。因此,在强调加强政治思想教育的今天,也应当注意治理这种"情绪心态"。这种心态与一个人的思想、道德素质有密切关系,因此,首先要加强社会公德教育,良好的精神面貌和道德风尚不会凭空建立起来,需要我们坚持不懈地进行社会公德的教育,用道德去规范人们的行为;其次也要疏通人们情绪的渠道。记得报上曾说过，日本有的工厂设有"泄压室"，我们不妨也试一试。

——原载于《南方日报》1989年10月

流行歌曲与情绪导向

1989年3月23日,邓小平同志说,我们在十年中最大的失误是在教育方面发展不够。而这"教育方面发展不够"的一个重要因素,包括忽视了对国民情绪,尤其是青年一代情绪的正确导向。

国民情绪是我们工作是否得当、生活是否适宜的及时反应和信号。如果拒绝接收这些信号且做出不当干预,那无疑会使各种情绪得到强化,其中的消极情绪最终会产生一定的破坏力。单从流行歌曲的共鸣,就可以略窥一斑。

《一无所有》曾经是一首受到许多青年喝彩的流行歌曲。倘说它的乐感节奏能引起人们的共鸣,倒不如说它是一些青年苦恼情绪的呼唤。倘若你去首都体育馆观看过那次由崔健压轴的摇滚音乐会,看到全场几万人自发地和着崔健齐唱《一无所有》的情形,你就不难理解这一点了。几万人当中,有不少是大学生和研究生,在"全民经商"的冲击下,他们对自己物质生活上的匮乏深感不满,而目睹耳闻的官倒、以权谋私、贪赃枉法等腐败现象,更增添了他们不满情绪的量。而那些手头宽裕的个体青年，尽管物质收入丰厚，但社会地位不高，政治参与机会少，精神活动范围狭窄，因此，他们渴求社会认可他们的价值，寻求一种表达方式。于是，他们找到了崔健，找到了《一无所有》。他们呼吁社会，我们感到"一无所有"。

然而，这一情绪的暗示信号，却被我们的思想教育工作者忽视了。

呼唤得不到回应，暗示得不到领会，他们开始失望。干什么都没劲。于是，校园里，"读书无用论"抬头；"麻将之神""打牌将军"等称号层出不穷。学生上课不积极，而有些教授则抱怨说："当教授还不如去卖花生米。"再也没有那种"燕雀安知鸿鹄之志"的豪情了，剩下的尽是迷惘、失落和困惑。谁也不信，什么也不信，只信自己，众人齐唱《跟着感觉走》。

《跟着感觉走》的情绪又向我们的思想教育工作者发出信号，渴求正确的导向。然而，又被忽视了。

心理学家认为，压抑会使心理抗拒的能量逐渐积累起来，当这种积累达到一定量，就会以极端的形式喷突而出。有人比喻说，仿佛一个壮汉被锁进了铁笼，经过一段时间的沉默后，很可能通过捣毁笼子来寻求解脱。《一无所有》的暗示、《跟着感觉走》的信号，全被漠视了，这大大刺激了追求自身价值的青年。他们不甘沉沦，寻求各种渠道，以引人注目，并在社会上找到一席位置。刚好这时电影《红高粱》出现，敢做敢爱的情绪感染着他们，于是他们吼起来："妹妹你大胆地往前走。"这已不再是暗示，而是明说了。

流行歌曲往往从侧面浓缩了青年人的情绪变化，这也给思想教育工作者一个心理科学方面的启迪：引导人们正确认识社会现象，树立在社会发展中求得个人发展正确的利益观，对于社会情绪进行正确疏导。

纳税人的权利要明确

读了9月22日《深圳特区报》的《增强公民的纳税意识》一文，深有同感。但该文似乎谈纳税人的义务有余，而谈纳税人的权利不足，故此权当补缺。

毫无疑问，部分先富起来的公民中，确实有些是靠偷税漏税发财的。其中，这种偷税漏税心理，别说富的有，在部分公民心中，也或多或少地存在着。公民的纳税意识为何淡薄，笔者以为，其中重要的原因是纳税人的权利没有得到明确。

平心而论，向国家缴税，大家心里是愿意的，也愿意承担这个义务。但是，缴纳的税款到底用到什么地方去了，公民却不知道。只知道纳税而不知其用途，就不免损伤了纳税人的自尊心，挫伤了他们的纳税积极性。由于不明真相，公民们还担心，他们的税款会不会像有些捐款一样，不知下落呢？有些税务人员，给点好处就少收一点，不给好处就多收一堆，这就更使纳税人认为，税款原来不是缴给国家的，因而纳税不积极。这使人想起报上载过的一则故事：美国边远山区的一个穷人，要求政府解决他子女的上学问题。政府为难了，总不能为他的子女办一所学校吧，于是故意拖延。那穷人急了，威胁说，"我依法律向政府缴税，如果政府不依法律给我的子女提供受教育的机会，我就告到法院。"这一招真灵，政府只好派人帮他解决困难。

如果我们的纳税人知道政府怎样使用税款，并真正享受法律范围内所规定的权利，那么，纳税人就参与了监督政府事务，与政府联系在一起了。如果政府每做一项公益事业，都向纳税人通报，说明这是你们的税款用途，这样，纳税人也许会感到自豪无比的。因此，我认为，只要明确了纳税人的权利，公民的纳税意识和缴税义务感是会随之大大加强的。

——原载于《深圳特区报》1989年11月17日

第二辑

90年代的味道

马话三题

古时交战,马是一种优良的辅助武器。注重马的优势,则会转危为安;忽略马的劣势,则会束手无策,甚至一败涂地。

春秋时,管仲和隰朋跟随齐桓公远征讨伐孤竹国。春天时出征的,到了归国时已是冬天。齐军迷了路,不知所向。焦急之时,管仲把眼光投向了马,说:"应该使用老马的智慧了。"于是,他从中挑出几匹马带路,齐军终于踏上归途。这就是注意发挥马的智慧的结果。

1812年10月,远征俄国的法国拿破仑骑兵突然遭到俄国骑兵的进攻。拿破仑命令骑兵迎战,可是当法军骑兵刚冲上冰结的河面时,突然间"人仰马翻",成了俄军骑兵的刀下鬼。这一切把久战沙场的拿破仑给惊呆了,急忙调炮兵助战。谁知牵引大炮的骡马刚踏上冰结的河面,同样是马翻炮倒。面对着俄军的刀光闪闪,炮兵们忙着逃命。事后经调查发现,拥有第一流军事装备的法国骑兵,竟忘了给战马上防滑的冰钉。这就是忽视马的劣势所致。

《大庄严论经》载有一则故事。有一国王,善养良马,邻国来犯,均被击败，正是因为有众多的良马。战后，国王想，战事平息，养马何益？于是将战马放养民间，为百姓推磨拉碾。几年过后，邻国又犯边境，国王急召战马上阵，三声炮响过，士兵杀声四起，而马却低着头，转起圈圈来，没有一匹朝前冲的，结果大败，这是养马不知爱马之故。

——原载于《羊城晚报》1990年1月15日

教会学生练习生活

报上曾载过一则笑话,说的是有位老师给他的学生出了道数学题:手表的时针和分针在2点至3点间何时重合?这时,所有的中国学生都是列方程解题,而所有的美国学生都在拨手表看什么时候重合。

读了这则笑话,感触很深。拨手表的能力人人都有,为何中国学生想不到?这不由得使人深思。我以为,我们的教育工作者,应该教会学生从生活中学习。

我们的一些老师往往认为,只要把书本知识传授给学生,便算是尽责了,而很少叫学生去动手做一做。学生走出校门了,到社会上一闯,咦,学校和社会之间竟差了一截,英雄无用武之地。他们便回头抱怨学校的教学只是纸上谈兵,没有教会他们一门生活技能。

据说有的国家要求,每个学生须掌握一门生活技能才准许毕业。美国俄亥俄州红橡胶学校的学生除了学习课程外,还要接受消防、烤饼、修车、按摩等各种生活技能训练。现在军队搞军地两用人才的培训,就是考虑到士兵退役后能熟练掌握生产技能的问题,因此受到社会的欢迎。学校为何不能如此？当然，一些学校已经开始注意这个问题了。山东省博兴县在农村中学中推广"3+1"教育，即初中学生在学好三年基础课的情况下，再加学一项实用专业技术课。我想这种做法城市中学都可以考虑实施。

——原载于《光明日报》1990年2月9日（后被收入《初级中学语文·第一册》，人民教育出版社1990年版）

"误点赔偿"和"李离伏剑"

近读一则消息,说的是有位出国探亲者,在国外乘车时,半途车出故障,耽误了些时间。到站后,老板连声向每位顾客赔礼道歉,并请乘客按票价的百分之十五领取"误点费"。读后自是一番感叹。什么叫"顾客就是上帝",此可为诠释。

由此我想起了春秋时晋国的法官李离。有一次,李离在审阅案卷时,发现自己错杀了人,于是重新审理案件,最终让真正的凶手落网。案件结束后,他命令卫兵绑住自己,请晋文公治自己死罪。当晋文公说这是下属官吏的过错时,李离回答道:"法院断案有法规,判错刑者便当服刑,杀错人者就要被杀。大王因为我能体察民情、听微决疑而任命我为法官,如今下属官员错判死刑,按罪当判我死刑。"说罢,李离"伏剑而死"。

车老板与李离,虽非一国之人,但在对待工作过错方面,却是不谋而合,肯负责任。无论你有怎样的理由,你的工作失误造成了别人的某些损失,你就应该给予其某些方面的补偿。虽说不必像李离那样

"伏剑而死"，但像车老板那样的赔礼道歉，想必是人人都会的。可是有些公检法机关的人，偏偏没有这种工作责任感。比如，错捕了人或错判了案，不是问心有愧，反而心安理得，连一声道歉的言语都没有，更谈不上补偿损失了。反正让你少坐几天牢，你就够幸运的了。就像在大街上踩了别人的脚，一声不发，昂首前进一样。决不会给你什么"误点赔偿"。

什么时候，我们的执法人员，甚至我们的公民都有点"误点赔偿"和"李离伏剑"的精神，那么，我们国家的一些事情就好办多了。

——原载于《北京法制报》1990年5月5日

甜美的乐章

他算是个幸运儿。

才走过三十四年的人生历程，就似乎找到了生命价值的光辉点。

那是1986年7月。

四百多名心神不宁的干部职工，用怀疑的眼光默默打量着他。下桥糖厂等待的就是这么个瘦子吗？

四年过去了，人们发现，下桥糖厂离不开这个瘦子。

四年，下桥糖厂甘蔗日榨量从700吨增加到2500吨，利润从105万元增长到350万元，上缴国家的税金成倍增长，工人的收入也越来越高。

他常常说，做人要争口气，不做则已，做就要做出个样子来。

他，1990年广东省优秀党务工作者，下桥糖厂厂长兼党委书记，李昌梧。

上篇

  他一直认为自己只是个好的副手。出任前山糖厂副厂长时，管人事，管食堂，管罐头车间，头头是道，有声有色，他喜欢默默地工作。然而，1986年，命运却使他再也无法默默下去了。这年7月，他调任下桥糖厂党总支书记，两年后，兼任厂长。

  有人说，人生的位置往往会阴差阳错，而一旦到位进入角色，就会释放出迷人的魅力。

  那年，他来到了下桥糖厂，等待他的是冷冷清清。工厂的天不知被谁捅破了，生产滑坡，资金困难，设备陈旧破烂，日榨700吨的机器，竟把剩下的一百多吨甘蔗榨了几天。厂领导的桌案上，调动报告书堆叠成山。有门路的，早已高枝另攀；没门路的，就在厂里混日子，养猪种蔗，发展私营经济。厂长茫然无解，长叹一口气。失望的阴影沉沉地压在每个人的心上。

  李昌梧这才明白，县委调他来这里的真正意图。原来厂里正扩建，从日榨量700吨增加到1500吨。可如今土建工程才完成三分之一，而离榨季仅有四个多月。时间紧，资金缺，能否准时开榨，在每个人的心里，包括上级机关，也是一个未知数。

  李昌梧焦虑了，这不是叫他来补天吗？可转念一想，自己是个共产党员，共产党员就应该让人看到希望所在。于是，入车间、钻矮房，在一片冷漠的目光里，他与干部职工促膝谈心，将心比心，共同寻求出路，把工厂这艘船，驶出迂回曲折的港湾，驶进经济腾飞的航道。

心中有数了。他毅然向上级立下军令状：扩建工程按时完成，12月12日准时开榨。

消息传开，工人们惊讶，前任厂长摇头，上级个别部门领导也持怀疑态度，只有县委领导的心里亮着。

当务之急是扩建技改，一是需要钱，二是要速度。李昌梧是个急性子，他主持改选了党总支领导班子，他需要一个有凝聚力的集体领导班子来推动；又制订厂规69条，处理了59名违反厂规的职工，一下子稳住了人心。接着，他奔波市县金融单位争取贷款，好话说尽，说到喉干舌燥，就差没下跪了。随行人员看着鼻子直发酸，眼眶的泪水滴溜溜地打转。就是哄树上的小鸟，也该哄下来了，精诚所至，人家感动了，给了一笔款子，不久，两百多万元筹集足了。剩下是速度。他在全厂推行"定人员、定数量、定时间、包质量"的"三定一包"政策，由车间向厂部承包、班组向车间承包、个人向班组承包，级级验收，真正做到奖勤罚懒，动真格儿的。工人的劲头被鼓起来了，原定十五天拿下的打柱墩、取钢筋任务，仅六天就完成了；原定八天的搬迁旧设备、清理旧场地的任务，仅两天就完成了。扩建工程就是这样高速度地推进。原是司机的土建科长李爵，在报纸上看到一种减水剂能使混凝土提前凝固，就主动到湛江学习，把这技术应用于土建工程上，使拆模时间提前了十天，赢得了时间。工人们还出谋献策，把3500吨重的滑轮串联起来，组成一副巨大的单杆起重器，解决了起吊安装设备的难题，还自制设备3540吨，为厂里节约资金十四万余元。

兵贵神速。皇天不负有心人。12月10日，工厂提前两天开榨。在剪彩仪式上，市县有关领导笑容满面，工人们更是乐呵呵，前任书记喝醉了酒，前厂长竖了大拇指……

李昌梧用感激的眼光看着上级领导和全厂干部职工。他知道，二胡的调子拉得再响，也比不上交响乐的雄浑。他高兴自己生活在这样一个有合作意识的团体之中。

不是变魔术。那个榨季盈利105万元！

下篇

李昌梧深知，工厂像个乐队，厂长就是指挥，若其中有人走调了，这台戏也就演不下去了。因此，他给自己定了治厂的"三大政策"。一是对领导班子的"蜜糖政策"，像蜜糖一样把班子粘在一起，形成凝聚力；二是对中层干部的"行硬政策"，有令必行，令禁即止；三是对工人们的"感情投资政策"，激发工人们的主人翁意识。

有人说，内耗是我们中国企业管理的致命点。李昌梧却欣喜自己有个舒心的工作环境。党委副书记李立相，副厂长钟世钦、梁东红、潘裕经，工会主席蔡兴贵等，都是称职的领导，他们在自己主管的部门里，不断开创新局面。李昌梧感慨地说："没有大家的配合和帮助，就是再加上几个李昌梧，也无济于事。"

厂里的工人挺欣赏他们的厂长，说他像个厂长。下车间劳动满身是污，坐办公室却是衣着整洁，从不随意。为建造碎粒板车间，能够一天不吃饭在市里盖了七枚公章，接着又马不停蹄直赴广州。表妹犯厂规照样开除，干部的亲属犯厂规也照样毫不姑息。他的妻子可苦了，在第二次扩建的时候，重病在床，李昌梧却泡在第一线，日夜不归。妻子传过话来："你心里还有老婆不？你是想我死？"他心里酸楚楚地痛。谁叫你是厂长的老婆！可厂里有重活时却又把刚好点的妻子拉起来顶上。妻子狠狠瞪了他一眼，但对人又说："我喜欢这工作。"直到老病复发，送到龙门医院三天三夜直不起身子。他内疚地看着妻子，妻子却说："你放心回厂里，我会好起来的。"他顿时噙着泪水，好妻子什么都理解！

有人说，在中国的企业当厂长，不把职工的房子问题、孩子问题解决好，你就别想取得指挥生产的自由。三代同堂的五口之家住在十几平方米面积的房子；十八平方米面积的房子却住着两户人家，又没有伙房。试想，生活在这种环境里的人，又怎能安心奋战在第一线？工厂应为工人谋福利，义不容辞。李昌梧深责自己，他向领导班子建议，造配套单元职工宿舍楼。四年来，厂里先后投资120万元，建造了四幢面积八千多平方米的宿舍楼，让职工们安心睡好觉；接着又与县镇三所中小学挂钩，让所有适龄儿童上学；又购置一部大客车，方便职工或子女上县城。还修路、建小公园……欢笑又一次绽开在工人们的脸上。

作为厂里的最高决策者，李昌梧从来没有这样感慨过。当一批批接踵而来的工人讷讷地说上一通感激的话，甚至流着泪鞠躬时，李昌梧慌了，心里一阵阵地疼。分了一套房子就好像受了谁的大恩大德而感激涕零，为这个厂付了这么多年的辛劳却没想到应得的报偿，我辛辛苦苦的工人啊！当朴实的人们沿袭传统的方式来表达感激和信任时，他更是感慨不已。他不敢说这些人辛辛苦苦就是为了一套房子，但他们住进了宽敞一些的居室所表现出来的满足和惴惴不安的感激，又是这样的明白无误。

他付出真诚，工人们报以的是高效的劳动。1988年12月，工厂日榨量扩大到2500吨，今年搞技改挖潜，计划把月榨量扩大到3000吨。

工人们说，李昌梧的事情，坐下来说上三天三夜也说不完，说绝了就是，一年一个脚印。

一个脚印一个音符，谱写着甜美的乐章。

——原载于《徐闻报》1990年7月18日

困难就是机遇

朱堪智　潘建义

困难，往往就是机遇，就看你能否把握住。徐闻县糖烟酒公司这几年所走过的路，细细品味起来，给人一种启迪：思想政治工作搞好了，人的积极性发挥了，就会产生一种巨大的能量，创造出非凡的奇迹。

在惶惑中崛起

徐闻县糖烟酒公司一直以来就像一个"皇帝女"，不知愁味。

然而，到了1988年2月，县里成立了烟草局，拉出了烟草业务，这可就乱了阵营。烟草是专卖商品，每年给公司带来24万余元的利润，360多名职工就靠它吃饭。稍有头脑的人都想往烟草局跑，八个正副经理走了五个。一阵微波的冲击，给人们带来了惶惑和恐惧，也带来了一些心理落差。

当人们纷纷逃避困难的时候，公司经理吴培来，副经理梁勤英、何传芳和陈立忠却敏锐地感到：机遇来了。

稳住人心，拓展业务，把职工和公司的命运拴在风浪上，同舟共济，几位经理调子合拍了，便开始行动。首先，公司多次召开会议，向职工讲清困难，讲清前途，引导大家去思考自己和公司的命运，使大家自发地有一种使命感；然后，立刻恢复贸易部，抽调十多名骨干人员，出走各地，搞计划外商品；又增设商场，扩展业务，以糖酒为主，百货为辅；接着还动员职工每人投资600元，解决公司资金困难。这样，公司终于在惶惑中崛起。1988年底，公司上缴给地方财政近300万元，贸易部获得纯利润93万元，商场的商品销售额达到87.28万元，1898年更剧增至13706万元。今年预计突破2亿元，公司的职工都笑逐颜开了。

磁场强度现象

糖烟酒公司的崛起，很快蜚声全县。很多人纷纷要求调入公司，职工从360多人增加到478人。

公司有如此大的吸引力，是因为他们始终把职工的利益放在重要的地位。越是困难的时候，越是关心职工。多年来，公司住房紧张。从1988年起，公司便投资80多万元，建造两幢宿舍楼，基本解决了职工住房难问题。公司招收家属临时工50多人，解决职工后顾之忧，每年还给收入少、伤病者等特殊困难户补助3000多元。1989年又实行工资总额与经济效益挂钩，378人受到公司奖励，增加了一级或者半级工资。为了提高职员的职业道德和业务水平，公司每年还投放2万多元，作为智力投资，使每个职员都从不同方面体味到公司的温暖，竭尽全力去报效公司。公司像一个强磁场，吸引着广大职工为之奋斗。

合力的效应

公司付出了真诚，职工报以高质量的服务水准和奋不顾身的精神，一句话，为了公司的形象。

走进公司下设的五个商场，店容漂亮，商品陈列美观、大方、卫生、丰富；售货员主动、热情、耐心、周到。有一次，南滨商场来了个顾客，说刚买的电风扇不慎搞坏了，按规定不能替换的，但商场还是为其更换了；东方红商场两次给个体户批发卷烟，把人家多付的3100多元完璧归赵；新兴商场的钟国郡、许学文、林诗炳三人，在海康县乌石镇三发水产站，把客户多付的4万元归还给客户。公司的形象就是这样一点一滴地树立起来的。

最艰苦的岁月，还是调运食糖的日子。公司百分之九十八的食糖是从海安码头转上万吨货轮的。在海安中转站的黄永利、李祖群，每到这时就不得安宁了，指挥调运，甚至几天几夜不能合眼，声音嘶哑，眼睛如血，衣衫肮脏，被公司誉为"铁人"。本榨季，公司更在"快"字上下功夫，调运快、资金回笼快、直收直调、减少转仓环节，节约资金100多万元。

糖烟酒公司响了。如今，他们生意越来越兴隆。1989年还被评为省先进企业。

——原载于《湛江日报》1990年8月26日

麻将与家庭文化

当今如有不会搓麻将的人，恐怕要被人笑话了。麻将这玩意儿，并非什么时髦的东西，三四千年前早就有了雏形，宋朝杨大年著的《麻将经》就有了记录，真正成熟是在清朝。当然，此物纯属是贵族的娱乐，后来才渐渐"飞入寻常百姓家"。有趣的是，麻将本也是一种货币工具。据说十筒相当于一索，十索相当于一万，怪不得从古到今，大家都喜欢以此作为博弈娱乐。有位历史伟人曾经说过，中国对人类的贡献有三个，一是中药，二是《红楼梦》，第三个是麻将。为什么伟人会这么说呢？据说麻将里头有哲学，没有永远的赢家，也没有永远的输家。也许正是这点魅力，才把家中的男女一个个引了出来。

当一天的奔波劳碌结束之后，孩子、琐事和家务又接踵而来，怎受得了？还不如去筑麻将四方城，得以表现，得以发泄，得以痛快。

这就牵涉家庭文化建设问题。可这家庭文化跟麻将文化有啥关联？当然有。你看，家庭文化建设中的核心价值在于稳定。麻将文化是最稳定的文化。比如，从不迟到拖拉，随叫随到；环境多么艰苦，照样专心致志；心态从来都向往胜利；不管跟谁搭档，照样努力。这些都是家庭消费、恋爱婚姻、卫生保健、儿童教育、饮食营养、烹饪艺术、服装设计与剪裁、家庭工艺美术、社交礼仪、保姆服务等家庭文化建设所必须要注入的精神。

不要轻视家庭文化建设，家庭是社会最基础的细胞，社会的稳定首先是从家庭的稳定开始的。因此，有关部门应该重视家庭文化建设，除了麻将建设娱乐外，还应该考虑普及生活指导和家庭协调指导，丰富家庭生活，树立新的家庭生活价值观，稳定家庭结构。古人说"欲治其国者，先齐其家"，"家和外顺"，就是这个道理。

——原载于《湛江日报》1990年10月28日

牵出龙泉写春秋
——来自祖国大陆最南端徐闻县的报告

朱堪智　陈堪进　潘建义

　　谨以此文献给中国共产党诞生七十周年

　　　　　　　　　　　　——题记

　　这是极其辛酸和揪心的一幕：烈日当空，烤炙着一片干渴冒烟的红土，一位老农蹲在枯黄的甘蔗地里，手里捏紧一株蔗苗，仿佛一块石头似的，任太阳把自己晒萎。

　　"三月无雨，水贵如珠；六月无雨，草枯禾死；九月无雨，日晒鱼死；红土龟裂，口向苍天；赤地千里，饿殍遍地。"大自然给予徐闻人的历史是沉重的。

　　20世纪80年代中叶，当"西部影片"展示了中国西北高原黄土地的雄浑和贫瘠、穷困、缺水，也展示了黄土地上人们的生存韧性时，引起了人们的震惊和慨叹。为一口"老井"，竟付出了几代人的代价。黄土地人就是这样默默地承受生命的苦难，寻求水之梦。

　　然而，人们哪里会想到，在祖国大陆最南端的徐闻县，那片三面环海的红土地，世世代代也同样与西北黄土地人做着相同的梦——寻水之梦!

水,制约着徐闻的经济腾飞。

水,禁锢着徐闻的富裕希望。

第一章 南中国的"干旱特区"

一道琼州海峡隔开了大陆和海南岛。当海南岛幸运地成为中国最大的经济特区时,与之遥对的徐闻县却因地形狭长、内无江河、地表缺水而周期性地经历着"五年一大旱,三年一小旱,年年有春旱"的恶性循环,被人戏谑为南中国最大的"干旱特区"。翻开沉重的年历,你会发现这片古老红土地的挣扎和悲鸣。

1. 黑色的日子·求雨风波

明万历二十三年至二十四年(1595—1596),旱魔疯狂地席卷徐闻,连续两年,天空不肯施舍点滴之水,造成"赤地千里,禾苗枯死",黎民百姓剥尽徐闻山上的树皮为粮,数万生命被活活饿死。

清道光二十八年(1848),大旱二百多天,水田干裂,水稻失收,生灵涂炭,不胜枚举。

民国二十五年四月(1936),徐闻又大旱,县城及附近村庄的民众上千人,日浴其身,斋戒三天,然后抬着龙王、泰华婆、火雷婆等菩萨的塑像,浩浩荡荡入城求雨。上千求雨民众在白旗的指引下,每行三步,跪地哀呼:"天公啊,下雨吧!""求雨"被当时的民国徐闻县县长拦阻，求雨民众愤然冲进县政府，毁桌椅，碎窗户。一职员在厕所里闷不住跑出来，被求雨民众追打倒地，幸亏他急中生智大喊"我不是县长"，才捡得小命一条。这时国民党军队闻讯赶来解围，而县长却已马不停蹄地星夜逃往了广州湾。事后，求雨民众中有七人被捕，一人被处死，六人被判坐牢。

电影《黄土地》里万民赤膊袒胸，跪在黄土尘埃里仰首呼唤，求天降雨的历史镜头，在徐闻的红土地上同样出现过。黄土红土都一样。人们成不了自然界的主人，就得转做仆从。

2. 一盆水的奇迹·澡"干洗"法·牛车拉水·每担水伍角

时间：1986年至1988年。

地点：徐闻县境内。

概况：天大旱，持续二十六个月。水库干涸，塘井枯竭，田畴龟裂，溪渠断流，人畜缺水，牛羊无草……

又没下雨了，这作孽的天。

潘家夫妇咕哝着。水缸空着，井里无水。到岭脚下的田坑挑水嘛，来回得十公里，什么样的脚板也抵不了这折腾。干活不知累的大儿子去挑水，一天也只能挑四担。谁都怕去挑水，有雨的日子搞蓄水。水少了，凑合着用呗。一盆水，早上一家大小六口，一个挨一个洗脸。人老了，用不着讲究，弄湿了手，往脸上一抹就算洗脸了。到了晚上，这盆水还不能倒掉，牛还要喝水呢。人比牛贵，就得委屈这牛了。同志兄，你别笑话，谁也不想这样，只因这鬼天不见雨，才逼得人这样做。你到村里看看，哪家哪户还不是全家共用一盆水？好多人没水洗澡的时候呀，就等汗流的时候，用手搓擦身上的脏，然后用毛巾擦身。他还说是"干洗"呢！没水了，也就顾不上那么多了，况且这么多年也都过来了。要是村里也像人家有的村那样，打深井、建水塔水池、安装自来水管，那可是祖宗有眼了。

水是生命之源，人类可以绝食，但决不能绝水。"客人来一次，得到一世惊"的城北乡石岭，每年都得用牛车载着水箱到四五公里外的田坑运水。城南乡五百辆牛车日夜不停地运水。迈陈镇出现每担水高达伍角甚至更高的价格。在不长的时间里，单是迈陈卫生院的饮水费用就花去了两千多元。

3. 徐闻下雨吗·县委书记的错觉·下乡蹲点不敢洗澡的部长

雷鸣电闪之后，顷刻骤雨赶到，街道突然盛开了许多美丽的花伞，缓缓流动。连日来积郁的闷热随之消失，雷州半岛的湛江市进入一个清凉的世界。

市委办公室。"打个电话问问，徐闻下雨了没有。"市委领导指示说。

电话通了，答复是，艳阳高照。

"徐闻没雨，算什么下雨！"市委领导自言自语道。

徐闻，夜晚，有几颗稀疏的星星。

县委书记朱华生没睡过一夜安稳觉。朦胧间，他突然听见一阵阵沙沙的声音。

"下雨了！"他兴奋地一骨碌跳下床，朝窗外看看，又伸手出去，咦，一点清凉也没有。打开门走到院子里，只见夜空晴朗，一点云彩也没有，只有椰叶轻摇，习习有声。他把这声音当作喜雨的佳音了。

"老朱，你还是睡觉吧，这都什么时候了。"妻子醒过来，见丈夫又没休息，心疼着。这些日子，他早出晚归，从这个乡到那个镇，巡视旱情，访贫问苦，回来时总是一身风尘、满头汗水，她怎么不心疼呢！

朱华生望望天，仿佛顿悟出些什么，不觉笑了起来。

"共产党人怎能靠天吃饭！"

不是吗？这干旱的日子里，全县18个乡镇当中，就有11个乡镇224个村庄95000多人饮水困难。县委县政府全力以赴，打井、筑水塔、安管道，让村民喝上甘甜的水。群众高兴地说："感谢共产党，幸福乐万年。"

共产党人的力量是无穷的，人民群众的力量是无穷的。然而，怎样才能解决坡地上那十几万亩的甘蔗用水问题，那可是全县的经济支柱啊！用打井搞喷灌的方式行吗？

朱华生眉头一展。到群众中去，没有解决不了的问题。天刚亮，他又下乡去了。他想寻找一个切实可行的突破口，彻底斩断旱龙。

有谁去找朱书记，家里是找不到的，乡下的每家每户，都是他的家。

县委副书记庞贵、郑维义，副县长张宗碧、梁位民等也在探索着搞打井喷灌的可行性，寻求实证。无论是骄阳如火的日光下，还是虫鸣草摇的黑夜里,他们的身影仍然闪现在千家万户、乡间小路。组织部长孙志诚到五里乡领导抗旱,满身是汗,却不敢轻易动用一滴水,连洗澡都要晚上赶回家去。

第二章　计南村:第六战役的导火线

中华人民共和国诞生以来,在这片干旱的红土地上,党和人民政府曾为战胜旱魔,大兴水利。到1988年底止,全县水利总投资达7225.75万元,其中国家投资4387.56万元,集体和群众自筹资金2838.19万元。1957年至1978年,国家(不含地县)平均每年投资水利73.68万元,1979年至1988年国家平均每年投资120万元。兴建大二型水库1宗、中二型水库5宗、小一型水库31宗、小二型水库42宗、山塘44宗,总库容3.76亿立方米,有效库容2.4亿立方米。此外,还兴建了防潮海堤33条,总长42.57公里,捍卫耕地面积4.75万顷;以及178宗引水工程、544宗提水工程和其他水利设施一大批。从20世纪60年代初起,全县田园灌溉条件不断改善。1978年前,正常的年景全县灌溉面积达到32.6万亩。1978年以后,由于土地集体经营转变为独户经营,用水管理跟不上,灌溉效率明显降低;正常年景的1985年和1986年连续两年受旱,1988年灌溉面积为17.7万亩。近年来,加强了对水的管理,灌溉面积又有所扩大。

水利设施的出现,基本上解决了水田的灌溉问题,但坡地的用水,尤其是遇上干旱,这些水利设施就无法发挥作用了。

特大干旱，可以使一些水利设施失去作用，使这片古老的红土地更加憔悴；但红土地的人们却没有就此束手无策，他们以各种方式努力生存着，闪耀着人的价值的光辉。

1. "田头大战"

西连镇苞西村。

烈日当空，龟裂的田地边，撑着一座座树丫和蔗叶搭成的遮日棚。村里头已是空荡荡的，男女老少都赶到田头打井取水浇作物。一家一户一口井，像是当年挖防空洞一样。挖掘了几米，发现有丝丝泉水渗出来，于是就在那等着，等到凑满一桶水，咦，又没了，又得往下掘，又等水，有的竟挖到20多米深。夜深了，每口井边亮着一盏煤油灯，不知劳累的人们，依然是挖土取水，一桶桶地提着，浇灌那半死不活的甘蔗。田头的灯火通宵不灭。望着这样的灯火，市县领导人感叹不已。世上哪有这样吃苦耐劳的人民，世上哪个地方有这么多的水井？光是西连镇就挖田头井达3500眼。全县打田头井25000多眼。

徐闻人找到了抵抗旱魔的应急措施。然而，单靠一锄一锄，能挖得几深？靠这一瓢一勺，能浇活多少作物？怎样才能把红土地上人民的力量和智慧发挥出来，找到一条根治旱魔发展生产的出路？

2. "酋长"式人物

谢詹，男，四十多岁，讨南村村主任。

说起来，真气人。做了二十多年的教师，还是个民办的，上面就是不给你转正。"教书先生吃田蟹。"干这行的,穷得没钱买裤穿。我是"文革"前的高中生,到哪里也吃不开呀。我拿定主意,不干了,回村里种田去。

可是村里更糟。"三天无雨地冒烟",日头晒得不要命,石头都晒熟了。吃水困难,十年九旱,一年辛苦下来,还没有100块钱,别说给老婆买件漂亮的衣衫了,就是填肚子也填不饱。

这下又是苦死我。村里有能耐的,跑到海南打石谋生,或者出去跟人家打工;没能耐的,就去行乞讨食,反正村里待不下去。当然,话说回头,乞讨一般不会在本地,而是在海康等地。树都有层皮包着,人还有脸嘛。人们都叫讨南村是乞丐村。乞丐就乞丐嘛,那年头,肚都不饱,还管他什么。村里三十多岁的光棍汉还有16人,做讨南人真是惭愧。

那时,我也跟村里人出去打工,混口饭吃,替人家开手扶拖拉机,倒也快活。有一天,我开车到西连镇,路过一块坡地,发现一口闲置的机井,心里就闪过一个念头,这口井在这里白白浪费掉,要是移到我讨南就好了。我这么一想,不开手扶拖拉机了,跑到县水电局问问。人家挺热情的,说了一大堆打机井的好处,还说了费用。我听了,好,办法是人想出来的。我们讨南穷得响当当,还不是因为缺水!打他一口深水井,让我们也跟城里人一样喝上自来水。

我兴冲冲回到村里,把想法跟几个要好的说了。他们给我泼了一盆冷水:"你又不是干部,谁听你的。"我这才想起自己的身份,一个普通的村民。但我不死心。等到村里人齐了一些,我就胆大包天,召集全村人开会，倒也有许多人来参加，但大家一听说是打井筹款，谁都不愿意出钱。这年头，好不容易挣点血汗钱，要是打不出水来，钱就白扔了。

怪呀，明明是好事，村里人就是不愿意做，是不是因为我不是干部，说话没效力呢？管它什么的，这井是非打不可的。我琢磨着，得搞些花招。为村里做好事，我谢詹不怕雷打。我发现村里有好几户人家有收录机，春节时候好热闹的，但没有电，光靠电池养不起。于是我心里就折腾开了。再一次召集村民大会。"拉电网，过年就不用点煤油灯了。"哈，这次大家都支持我了，那几个后生仔更是活跃。全村一下就筹集了1万多元。

电网拉好了，家家户户有了电灯。村里人都说我做了件好事。其实，我还在做一件更大的好事呢。我把拉电网剩下的钱，来了个偷龙转凤，全部投入打机井，钱不够再筹集。大家见事已至此，也就不再阻挠了，钱不够也乐意掏腰包。尤其感动人的是，讨南村得到县里的大力支持，前后共拨了7万多元给我们打井。

1986年是讨南村值得纪念的一年。这年，我们讨南村钻了一眼120米深的机井，从此结束了全家人共用一盆水的历史。村里人都笑咧了嘴巴，称赞我："到底是读书多的人懂的事也多。"其实一点也不假，读书多的人眼界就是开阔。

我又组织大伙建起自来水塔、泵房，把输水管拉到每家每户。到此，我还不满足，单单解决饮水问题，算什么本事。解决几百亩甘蔗缺水问题，才是大本事。不然，还得腰弓狗虾地挑水浇灌甘蔗，照样汗满身。

现在水拉到家里头，家家户户都在屋前屋后种些瓜菜了。邓开顺一家单是瓜菜钱一年就得24000多元，不但给两个儿子娶上了媳妇，而且又花了10000多元建新房，还清了历年的信贷债务。他逢人就说："幸亏共产党给我们钻了一眼机井啊！要不，肚子都填不饱，哪里谈得上办喜事？"

有一次，我过刘宅，说起甘蔗，没想到他说："要是甘蔗种在屋后就好了。"

这话触动了我。我猛一打大腿，好主意。我又赶去水电局请教。他们建议我搞机井喷灌。打起算盘来，经济上也是合算的。瞧，每年甘蔗从耕种到收获灌水6次，每亩耗水106立方米，综合各种费用，一年下来，每亩甘蔗灌溉总成本才36.31元。根据实验和实际比较，有水灌溉的甘蔗比无水灌溉的甘蔗的亩产量年增产2吨，每年纯效益为203元。

说干就干。村里人干劲鼓起来了。通过政府投资和群众自筹款项，搞机井配套，铺设输水管道7600多米，建水池189个，置小型柴油机组5个，架设喷头喷枪一批。如今单是这眼机井，既解决人畜饮水问题，又灌溉瓜菜200亩、甘蔗400亩。五年来，瓜菜总收入达70万元，相当于钻井前十四年全村的收入总和。去年人均年收入达740多元。

如今的讨南村，再也不是过去的"乞丐村"了。不信，请你来看看，保管你大吃一惊。

3. 市委书记三进讨南村

1987年，苦旱的日子。

阳光灿烂，大地像燃烧一样炙炙发烫，树木痛得直不起腰来。走在路上，身上的脂肪一点一点被榨干。今年的日头怎么啦，坚硬的地表被晒出一层粉屑，汽车驶过，红尘满天。老百姓说，本来这块地方不是红色的，只是日头猛烈，才把土地晒红了，人也给晒红了。

炙热的公路上，面包车缓缓地驶着。市委书记王冶坐在车里，望着红尘滚滚，蔗死禾枯，久久不说话，眼睛却在寻找什么。

徐闻这地方，解放四十年以来，大旱十五次，平均不到三年就有一次大旱，小旱却几乎年年都有。

车过西连、迈陈、大黄等乡镇，所到之处，仍是"微风三尺尘，大风沙满天"。

同车的市长郑志辉、徐闻县委书记朱华生也望着窗外的干旱世界，寻求着早已酝酿在头脑中的方案之实证。

车缓缓向前行驶。

雷州啊，雷州，想当年，一位朝廷贬臣行至此地，面对赤地千里，曾仰天哀叹："天祸尔土，不麦不稷。"然而今天，在共产党的领导下，尽管还有"天祸尔土"，但"不麦不稷"已经不复存在了。赤地千里也渐渐变绿了。"天祸"，你还能逞凶多久？

王冶微笑着。

雷州人民曾经挥动着巨大的"神斧"，劈开了中国第二大人工河渠"雷州青年运河"，让清清的水滋润干裂的土地，解决了一部分干旱地区的缺水问题。这劲头，还有什么困难克服不了？

王冶安静地整理着自己的思绪。红土地人为了解决缺水，开运河、筑水库、凿引渠，在很大的程度上是靠天。与其坐待靠天，不如向地下要水。这完全符合国家发展节水型农业的方针。然而，在哪里能找到一个突破口呢？

车进入了城南乡讨南村，一片青翠扑面而来。只见村里村外，瓜菜泛绿滴翠，甘蔗郁郁葱葱，树木密密匝匝，鸟儿在枝头歌唱。这哪有一点旱天的迹象？这是怎么啦？

王冶精神一抖，兴致勃勃地径直向地头看去。他就喜欢这样，每到一个地方，先要看看，了解情况。他对地头的蓄水池产生了兴趣，忙问是怎么回事。他高兴地在村前的机井和水塔边仔细打量着，询问着。脑海里的蓝图已经明朗。他记住了这个村：讨南村。

讨南村，有道是："吃水难来用水难，半夜寻水愁坏娘。客人来了无水喝，有女不敢嫁讨南村。"如今就打了一眼120米深的机井，不但解决100多户将近500人的生活用水，而且还用于灌溉瓜菜和甘蔗，发展庭院经济。腰包渐渐鼓起来，再也没有人去乞讨了。

王冶凝望着水塔。那水塔高高地耸立着，在阳光的照射下，像一个巨大的惊叹号。它象征着讨南村人的智慧和力量，宣告着讨南村人对旱魔的藐视。

王冶露出了微微的笑意。他知道，他找到了突破口，一场大规模的战斗就要打响了。

此后，王冶书记每当说起徐闻时，就兴致勃勃地提到讨南村。讨南村,已经在他的记忆里占有一定的位置。也正因为他常提起,讨南村引起了人们的关注,市水电部门专程来帮助讨南村完善机井配套。郑志辉市长、陈周攸副书记也来巡视。那阵子,讨南村可出大名了,报纸电台连篇累牍地报道,成了新闻的焦点。

1990年4月的一个中午,王冶书记在县委书记朱华生和市水电局长钟云的陪同下,再次巡视讨南村。

王冶兴致勃勃地走在乡间小道,太阳猛烈地照射着他魁梧的身躯,汗珠一滴滴从额头滚下,朱华生和钟云也满脸是汗。那天,他们忘记了戴草帽,心情舒畅使他们忘记了太阳的荼毒。讨南村老村长于心不忍,想把自己那顶满是汗渍的旧草帽递过去,但手在半空停住了,他不好意思。

王冶他们一行三人,沿着输水管道走着,指点着,议论着。脸上的汗不停地流淌,白衬衣被汗水浸透了。他们高兴地走过甘蔗地,然后又走过一块连一块绿油油的西瓜地。在一棵树下站下,眺望周围的郁郁葱葱,就像是将军在前沿观察地形,布置一场惊心动魄的战斗。

不久后,王冶书记又带领市县各级领导来到讨南村参观。当火辣辣太阳底下的喷枪均匀洒水灌溉甘蔗,管道几十个出水口哗哗流水时,在场的人们都情不自禁地叫好。《南方日报》记者高兴地赞叹道:"好潇洒呀!"

是呀,好潇洒的讨南人。

4.今夜星光灿烂

四月的夜，稍有风意，像油浸过似的，比白天的闷热好受得多。

徐闻县委大楼五楼会议室，灯光璀璨，香烟一支支烧着，浓浓的烟雾弥漫四壁。全县各乡镇、各部门的头头汇聚于此，畅谈"讨南村现象"及徐闻县委关于甘蔗打井灌溉工程的设想。

市委书记王冶高兴地倾听各方的讨论。

县委书记朱华生静静倾听各界的反应。

作为这个县的县委书记，朱华生熟悉这一块土地，熟悉这块土地上的人民。他知道，要抓好农业，水利是个关键，"水利是农业的命脉"。当旱魔在这块土地上逞凶的时候，他和这块土地上的人民一起，汇聚智慧和力量，降伏旱魔。他渴望找到一条根治旱魔为患的途径。

五六十年代，徐闻县建造了大水桥等125座水库蓄水，暂时缓解了旱情，但仍是治不了旱；70年代搞引水工程，开辟了南北渠、英雄渠，以图解决旱地问题，但仍只能暂时缓解旱情。天不下雨，这些设施也就失去了应有的作用。群众自发地打井抗旱，先后试验过竹管井、大锅锥井、水泥管井、钢管井、岩石壁井等，只是偏重于水旱田的灌溉，对坡地用水和人畜供水意义不大。

朱华生把目光集中在开采深层地下水源的这一问题上。他查阅过许多资料。他知道全国城市中，已有154个城市出现不同程度的缺水现象，据统计，日缺水量已达880万吨。到2000年，按来水保证率75%估计，在全国40个分区中，21个分区供水不足，缺水约1000亿立方米。由于缺水，不少地区地面沉降。与此同时，一些地区大量的水资源却在闲置浪费。超采和闲置都是浪费资源。

朱华生和四套班子的领导成员权衡过资源优势。徐闻县地下水丰富，每年可开采2亿立方米左右。倘若把这部分资源优势转化为生产优势、经济优势，那可是另一种局面。"讨南村现象"的出现，提供了解决高台地灌溉的案例，很有意义。一面扩大森林覆盖面积，一面开采地下水。人类和自然协调发展，相依相存。

夜色更浓了。

市委书记王冶说话了。他说，井一定要打，讨南村给了我们一个有力的实证。在湛江市苦旱地区打井灌溉甘蔗，是发展农业的根本出路。只有这样，才能保证甘蔗的稳产和提高单产，争取三两年内使全市产糖量突破100万吨，为徐闻经济做出更大的贡献。徐闻县委关于打井灌溉甘蔗的设想是科学的正确的。打一眼机井可灌溉400亩甘蔗，每年亩产增加2吨，每年打100眼就可以解决4万亩，好哇，不但你们要打，全市干旱地区都要打。向地下要水！

会议室里的人被感染了，似乎被注入了一种信念和力量。

历史将铭记这一刻：今夜星光璀璨。

第三章　井揭开第六战役的序幕

1990年5月，湛江市四套领导班子召开了"两水一牧"（水果、水产、畜牧）协调会议，第六战役的构想形成决议。

6月初，湛江市宣告成立了甘蔗灌溉打井指挥部。

6月15日，徐闻县甘蔗灌溉打井指挥部相继成立。

一场旨在解决千百年来旱魔为患局面的战役打响了。

1. 告急，徐9—1号在告急

轰的一声巨响，那片古老的红土地被震荡着，那个千年的古梦被震荡着，闲置已久的地下水源被震荡着。

徐9—1号机井开钻了。

徐闻县城北乡头铺管区游宅村的公路边，高高的井架挥写着这个日子：8月5日。

钻杆在欢快地旋转，县打井办公室主任刘明生和城北乡党委书记、乡长等干部群众的心也随之旋转。

城北乡是徐闻县打井灌溉甘蔗的重点乡镇，全县第六战役要打100眼井，这个乡就占了30眼，这里打井的进展如何，关系重大啊！

城北乡副乡长李强深深地舒了一口气。乡里分配他专抓打井。这些日子，他和乡长、书记们为了下达任务、落实井位、动员群众签订协议，腿跑断了，脚磨破了，嘴皮磨"薄"了。这工作不好做啊！

按照县里的预算，打一眼井包配套，需要资金16万元。市县补贴百分之四十，受益户自筹百分之六十。自筹部分按受益面积摊派承担，先由糖厂贴息代替农民向银行贷款，然后由农民分两年在甘蔗款中扣除偿还。由于分散生产和农民的小生产意识作祟，他们只看到眼前利益，习惯靠天吃饭，一听说要自筹资金，他们就摇头了。你上门去找他，他躲在田里，你到田里找他，他赶墟去了。在巷口、树下跟他们说，有的皱眉头，有的不理睬。一斗芝麻，没有一粒入耳。只得家家去座谈、村村去细心地做思想工作。不少人还是顾虑重重，有的人怕打井打伤了龙脉，败了风水；有的怕灌不了那么多，到时灌不了自己的白吃亏。于是，干部们又掏出报纸，说讨南村井灌致富的新闻，鼻离嘴不远，请他们去开开眼界。到底有人信了。

好不容易开了一个会，让大家在协议上签名。干部走到每个人的面前，捧着表册，让他们看清表上受益面积以及贷款数额。他们默认表上数字没有错，但就是不签名。

"打井就打井。签什么名呢？"人们窃窃私语。

不签名，贷款谁承担呢？到时扣谁的甘蔗款呢？干部们为难了，受益户不签名，这井就没法打。

后来，乡干部们想了一个"倒签名"的办法。让不同意打井的人签名，看多少人真正反对。人们面面相觑，结果共有三个人签名，公开表示不同意打井。仅有三个人，说明绝大多数都拥护打井，这就好办了。李强和干部们打量着这三个人，揣摩着他们反对打井的原因。一个是承包地多，顾虑也多；一个是承包地少，现在人口增加了，趁此机会，要求给他调土地；另一个是小青年，自己无主见，只看父亲的脸色。干部们分别做通了这三个人的思想，统一了认识。

万事开头难，却难不住共产党。

乡干部们又跑到后岭仔、祝宅寮、石岭村去，徐9—2号、徐9—3号又将在那里开钻。

然而，意想不到的波折发生了。

徐9—1号才钻了30多米，游宅村的群众就蜂拥而至，围着打钻机，闹哄哄的，要打井队立即停机，别往下钻了。

怎么办？省水文队打井队说服不了群众。

于是，告急的电话打到县打井指挥部，打到县委常委办公室。

2. 叶县长·电话号码的故事·钻机又响了

叶振成县长急匆匆来了。

他从湛江赤坎区调来徐闻还不过三个月，但他天天在跑，已跑遍徐闻18个乡镇的红土。

听说他调来徐闻时有一个电话号码的故事。

某日，邮局派人给他安电话，号码是：853635。

"县长，你知道这号码的意思吗？"邮局的人问。

他怔了怔，号码不就是号码嘛，还有什么意思呢？

邮局的人反复地念了几遍号码，后面那三个数字：635，635，635。这时候，他听出来了，在雷州方言里"5"与雨近音，635的谐音就是"下大雨"。他这才明白邮局的用意。徐闻是苦旱地区，希望他这个走马上任的县长给全县带来春雨。他心头一热，多好的人民啊！作为父母官，他不能辜负人民的期望，务必尽职尽责地工作，带领群众战胜旱魔，改变全县的生产条件，把经济搞上去，建设一个文明富裕的徐闻。

如今打深机井抽水搞甘蔗井灌工程建设，就是一场擒龙降魔解除干旱的大战斗，徐9—1号机井是这场战役中打的第一眼井，是胜是败事关重大啊！能否说服群众，把这口机井打下去，把战斗引向深入，推动全面，对于这个新上任的县长无疑是一个严峻的考验。

叶振成找管区干部、村干部和受益户座谈，了解人们的思想动态，把党的关怀和有关井灌工程的设想、蓝图、具体措施和办法，一一向群众摊牌、耐心解释，消除群众的思想顾虑。

有人问他："要是打不出水来怎么办？"

有人问他："灌不了400亩怎么办？"

有人问他："打这井超过300米，谁出钱？"

他说："要相信水文队，人家手头有充分的水文地质资料，技术过硬，井一定能打得成功。如果每小时出水量少于19吨，就是无效井，不要你们出钱，政府给你负责。每小时出水量超过20吨，灌400亩是有保证的，关键是配套和管理。"

他动员群众，让钻机继续钻下去，直钻到水量充足为止。300米以后深度的打井费由县里解决。

这就是叶振成的方法，把道理说清楚，敢于负责，为群众分忧。只要说话算数，群众就信你的。

相信群众是我们党的传统。可是多少年来，我们做许多事情，都是一哄而起，一哄而散，虎头蛇尾，劳民伤财，让群众产生一种逆反心理。大凡上头号召要大张旗鼓做的事，他们不管是好是坏，心里早就抵触三分。牵牛上树，压鸡孵蛋是无济于事的。叶县长深知这一点，他到底把群众说通了，把党的政策、党的决议化为群众的行动。

游宅村的群众吃了定心丸，都同意打井了，钻机又隆隆地响了，立即套上钻杆飞快地旋转起来……

3.首战告捷·四套班子奔赴打井现场·幸福的泉水·醉人的情景

徐闻县委会议室。

四套领导班子正在开会。

上午11时,临近休会时,电话传来一个喜讯。徐9—1号机井成功了,马上要测水了,请县委领导莅临指导验收。

会场顿时雀跃。

"走,我们去看看!"

四套班子成员满脸喜悦,中断会议,直奔井位。城北乡也同时通知各管区干部到徐9—1号井边来,召开现场会。

时值正午,艳阳当空。

井口边,一股巨大的涌泉哗哗地从管口喷射出来,洒向红土,顺着沟道汩汩地流去……

这是徐闻县5万亩甘蔗井灌工程100眼机井中第一眼机井,原设计井深350米,现在只钻了84.7米,每小时出水量达46.7立方米,大大超过设计要求。

打井队员说:"实不相瞒,这么快出水是我们没想到的,本来我们还想往下打,反正每打一米,钱由你们出。但我们毕竟还是社会主义,减少一些钱,也算是我们为这块地方出点力吧。"

这天,路过的汽车停下来了,手扶拖拉机停下来了,骑车的、骑牛的也停下来了，他们纷纷跑到井边来。

附近的游宅村、林宅村、刘宅村的群众也来了，连背孩子的妇女、偕着孙子的老人也来了。有一位老大伯双手捧起井水喝了几口，啧啧赞道："真甜，真甜啊！"是哪，吃惯了田头井水的农民，怎不觉得这深井水甜呢？一位农民还赶忙用牛车拉来一个大水桶，装了满满的一桶……

直到太阳西沉，晚霞满天，人们还在井边议论着，会心地笑着，久久不肯离去……

第四章 红土地的震荡

中国有句古话：百闻不如一见。讨南村打机井配套喷灌甘蔗成功了，附近的后寮村看到了，今年一口气打了3眼机井，也全部配套把输水管安向蔗园里去，灌溉了1000多亩甘蔗。西连镇的龙液村原来只把希望寄托于"神龙"，祈求"神龙"兴云降雨，吐露吐液（下雨），才把村名叫"龙液"。1990年初，只用三个月就钻出深机井两眼，800亩甘蔗得到了灌溉，这才使龙液村人世世代代的愿望终于变成了现实。不过这不是"神龙"，而是搞成了机井喷灌工程，由钢管、铸铁管等连接成的"地龙"。目睹机井的涌泉，享受着"地龙"的甘霖，龙液村对前景更加有了信心。今年4月，全市"两水一牧"第六战役刚打响，他们就要求井灌指挥部给予支持，并积极自筹资金，准备着手再打两眼机井，让全村2000亩旱坡地都埋满地龙，种上甘蔗。

城北乡也是如此。徐9—1号打出了水,附近的后岭仔和祝宅寮村立即把钻机搬去了。有的村甚至为了争钻机吵到指挥部去了。

1. 机井指挥部门庭若市·打井示意图布满红圈圈。

这天,我们来到徐闻县甘蔗灌溉打井办公室。

两个小房间挤得满满的,屋里是人,门外还是人。热气灼人。

办公室主任刘明生、综合组长谭世伯被人们团团围住。我们好不容易才挤进去,刘主任抱歉地说:"等一等,我得先应付他们一下。"

我们又找谭世伯,许多人缠着他不放,好不容易才抬起头来:"对不起,先等一等。"

没有椅子,也没有茶水。他们忙不过来。我们受了一点冷落,只好站在那里看着,听着。满屋子都忙得不可开交,说话声、电话声混在一起,只听见一个字:井、井、井……刘主任好不容易才分出身来接受我们的采访,他说:"群众吃到甜头,都走上门来了。有的要求派人去测量、确定井位,有的来签合同,要求派钻机。100眼井都做了安排,有的村子没安排上,就来吵,来争,说什么也得给他们打一眼,我们费了许多口舌,也打发不走。"

他指着墙上的一幅徐闻地图,说:"这是全县甘蔗灌溉打井示意图,一个小红圈就是一井位。"

我们一看,那小红圈遍布全县各地。不久,一台台钻机将会在那小红圈上就位,一个个小红圈将会震动起来,城北在震动,城南在震动,龙塘在震动,西连在震动,迈陈在震动,整个红土地都震动起来了……

电话又响了,刘主任接完电话告诉我们:又是催派钻机的。

县打井队只有五台钻机,省水文队说来两台,另一台迟迟未来,群众都等急了。刘主任说,每部钻机打一眼机井要二十多天,打100眼井要多少天,明年6月份前要打完这100眼井,还要配套安管,时间紧哪,分秒必争,刻不容缓。

在采访时,我们还得悉山东水电厅、新会水电打井队、省铁矿、茂南区等单位都来电来人联系,要给徐闻派打井队。县里也准备筹款再买3台钻机。西连镇来了几个农民,他们准备筹集资金买钻井机,要办私人打井队,这是红土地农民的魅力和胆识。打机井打出全县的活力,打出农民的新观念和智慧。

2. 钻机隆隆迎来国庆节·打井队日夜奋战不息

钻机隆隆,迎来了共和国的第四十一个国庆节。

县城机关、企业、商店的门前挂上彩旗、红灯笼,中秋月饼店搭起了彩棚、贴着对联,满街飘溢着月饼的香味。由于时间的巧合,庆国庆,迎中秋,节上加节,气氛更显得隆重热闹了。报上通知:放假三天。然而,省水文队和县水电局打井队所属的各机队,钻机不停,人不离井位,在这场擒龙降魔的战役中奋战不息。

9月30日下午2时,烈阳炙炙。县打井办公室谭世伯组长、县打井队长李汉、302机队机长欧祝,还忙着测量动水位。

从9月28日下午5时起,这眼机井就开始洗井抽水。可是不知为何，井水哗哗地流了20多个小时，水位还在下降，水位差已达27米，动水位还无法测定。打井队伙房已做好饭，等着他们回去吃中午饭，他们却早已忘记了饥饿。打井办公室技术组小邓是省水电学校毕业的，一看这情形觉得有点不妙，白净的脸上顿时笼上一层忧虑。他反复地测量井水流量，我们问他："流量多少？"他皱了皱眉头。根据直角三角堰流量表，他测出单位流量每秒2.7升，每小时的流量只有10.692吨。如果水泵没问题，这眼机井就报废了。这句话他不敢轻易说，因为一报废不但浪费了108000元，对群众情绪的影响就更大了。

这情形谁还有心思吃饭呢？

我们望着打井队长李汉，他默不吭声，显得很镇静和自信。他原是机械技术员，1963年调到县打井队，曾到中山大学学习水文学，又到南京大学向一位教授请教过水质学，还参加过水利电力部的探水学习班。技术上他是过硬的，多年来坚持讲信誉第一、质量第一，坚持技术革新。1985年以来，共打大机井65眼、小机井675眼，从没有出现废井。机井出现事故也能及时处理。1988年4月，他们在五里乡二桥村钻了一眼270多米深的机井，安装水泵抽水试验，水是咸的，不能饮用，当时不少人都很焦急，处理不好，就变成废井，将给国家和人民造成巨大的经济损失。后来他们分析原因，采取了措施，经过几天的处理，将咸水井变为淡水井，死井变活井。这一次能不能找出原因，及时处理呢？

李汉与谭世伯商量，决定先换上30吨水泵抽水试试。

30吨水泵县里没有，怎么办？

谭世伯吩咐司机："赶快开车回去，今晚赶到湛江去运水泵。"

我们提醒他："明天是国庆节啊，你不知道吗？"

"管他，这是一场战役，仗打起来了，管他什么节不节！"

司机知道他的脾气，也不说什么了。有人告诉我们：老谭是行伍出身，保持着部队作风，还是那么一股劲，一股精神，勇于拼搏，跟着他要吃苦头。这不，随他一起来测水的一位青年干部是当地人，年轻的妻子和孩子在路边等着他，要留他在家里过中秋节。他看了看老谭，不敢说什么，悄悄到路边的铺子里买了几筒月饼，塞给妻子，又亲了亲孩子，就和大家一起赶回县城来了。

在车上，他们说，明天将继续战斗。他们要赶到新地仔村去，那是徐闻的南部，"徐3—1号"机井已打了300多米，要测水，他们就得测水验收。因为打井队要搬机，另一个村的群众等急了。如果下去，等放了三天假，那要误大事的！

听着这些，我们深深之为感动和振奋：这就是红土人的脾气，红土人的精神，红土人的时效观念！

3. 发动群众打机井，是解决雷州半岛干旱的好办法

这块古老而干旱的红土，沉默的火山岩，日夜不息地震动，震波向四周扩展，六公里之遥的广州也感到了它的变化，报社、电台纷纷把记者派来了。

《羊城晚报》9月4日抢先报道：一首"要让河水上山坡"的歌仔，曾唱出了多少人间的柔情与欢乐，而在饱受干旱之苦的徐闻县，却因

为境内无大河而只能望天兴叹！最近，该县一项新中国成立以来投资最大的钻机井抽取地下水灌溉甘蔗的工程正在铺开，这将可使全县增加甘蔗灌溉面积5万亩，增收甘蔗10万吨以上。报道还指出：1990年6月以来，在湛江市委的统一部署下，一个由市、县和群众三级集资兴办的钻井工程确定了，整个工程计划投资2200万元，拟打新机井100眼，配套旧井50眼。为确保整个工程能于1991年6月全部完工，徐闻专门成立了打井指挥部。目前，工程规划、选点等前期工作已基本完成，各路钻机正陆续进场施工。

新华社广东分社还为此发了通电。一时间，徐闻成为新闻媒介关注的焦点。

省委书记林若也冒着风雨来了，湛江市委书记王冶、市长郑志辉陪同林若于8月29日到达徐闻。这里无须笔者描述，已有消息见诸报端。《湛江日报》9月3日一篇通讯中是这样写的：

> 进入徐闻境内，汽车在青纱帐般的甘蔗地里穿行。王冶汇报说，打机井，是以"两水一牧"为重点的开发性农业的第六战役的一项重要任务，到明年4月，全市将新打机井329眼、配套旧井366眼，受益面积20万亩，争取两三年内彻底解决雷州半岛的干旱问题。亩，争取二三年内彻底解决雷州半岛的干旱问题。

"资金怎么解决？"林若问。

"打一眼标准机井16万元，用民办公助形式解决，国家补助一部分，糖厂负责贴息贷款给农民，农民用甘蔗还贷款。"

"这个办法好。"

在城南乡后寮村的机井旁，甘蔗地里水管纵横交错，喷水枪不停地喷洒。

林若问："一眼井能灌溉多少亩？"

答："400多亩。"

林若高兴地说："发动群众打机井，是解决雷州半岛干旱的好办法。"

与此同时，《南方日报》也在头条报道了林若粤西之行的消息。

在徐闻县，林若还参观了城南乡长乐管理区打井抽水灌溉的现场。他说，在地面水源严重不足的地方，打深井抽地下水灌溉也是一条出路，一个村庄打三四眼井，群众的吃水问题可以解决，农作物的灌溉也有了保证。他建议各地因地制宜推广茂南区和徐闻县的经验，按照高标准搞好农田水利基本建设，为加速农业生产的发展创造条件。

省委书记的这番话，肯定了徐闻的经验，还要各地推广，这对徐闻是多大的鼓舞和鞭策啊！

在不长的时间内，徐闻发生的变化引人注目。毗邻的海康县，县委书记陈光保一下子拉来400多干部来参观徐闻甘蔗喷灌工程，参观徐闻农户庭院经济的发展。小小庭院有了水,四时花开,蜂飞蝶舞,瓜甜果香,成为生财之道。林若同志访问过的杨宅村杨光庭一家,一年庭院经济收入就达6000多元。后来林若同志在一个座谈会上还特别提到这件事,他说:"雷州半岛农民的屋前屋后都有一个院子,发展庭院经济是个方向。"

是的,有了水,降服了旱魔,徐闻县什么事业都能发展。找到了治旱之新路,谁不为之兴奋呢?省人大原主任罗天同志参观了徐闻县甘蔗喷灌工程。当看到苍绿如海的甘蔗时,他高兴地说:"井水自有回天力。我过去只能吃一碗饭,今晚可吃三碗饭了!"

干旱,曾一度使领导们焦灼不安,想到旱区的人民,端着饭碗难下咽啊!如今,找到了治旱新路,怎能不振奋,怎能不安心吃饭!

4. 五百眼机井宏图·神龙的传说

初秋的一个下午,天高日烈。

徐闻县四套班子领导一行20多人再次来到城南乡长乐管区后寮村,进入那连片千余亩的甘蔗地海,了解那里的机井灌溉工程。那里已打起配套机井三眼,工程总投资47.6万元,灌溉甘蔗面积1000余亩。

有了机井喷灌,那里的甘蔗长得特别喜人,密密匝匝,仅蔗肉部分已就高过人头,每根甘蔗从头到尾一样粗壮,只有从来不缺水的甘蔗才有这样的长势。农民高兴地说:"从来没种过这么好的甘蔗,每亩至少增产3吨!"

这时，抽水机响了。埋在1000多亩甘蔗园里的5200多米主管道，水在哗哗奔腾；竖立在蔗园里的100多支旋转喷水枪哧地一齐出水，形成一朵朵巨大的白莲花，在太阳的照耀下闪闪发光。甘霖均匀地洒在蔗叶上，流到甘蔗地里，涤荡着空气的燥热，滋润着人们的心田。甘蔗受到甘霖的洗礼，变得更加精神，更加青翠欲滴了。

大家仰起脸，让水珠洒到脸上，沁进心田里，好凉快清爽！这才是真正的享受。他们被深深地感动了。喷水枪缓缓地旋转着，那沙沙的喷洒声，使人感受到现代农业的脚步声。

史籍上曾有过这样的记载："雷州有旱龙，注定黎民穷。"那毕竟是古话。对于共产党人来说，是没有什么天命的，拔掉穷根，正是共产党人的职责。"旱龙"算什么？再连续搞五年的井灌工程，每年打100眼机井，五十年500眼，那么近30万亩旱坡地甘蔗，就能在几千条喷枪千万道水丝的白练带中自由舒适了。旱龙从此改性，徐闻县的经济将开始稳定和腾飞。这是多么喜人的转折，它凝结红土人世世代代的梦。

这时，走过来一位头发斑白的老农，他拉着不满十岁的孙子。孙子蹦蹦跳跳，用手接着水珠喝。他问爷爷这水是从哪里来的。

"这是'龙泉'，是从'神龙'的嘴里吐出来的。"老农兴奋地说。

在很久很久以前，有条神龙主管着风雨，负责给黎民百姓降雨，使年年风调雨顺，五谷丰登。后来神龙不知道哪里去了，只留给人们千百年的希望。没有为人造福的神龙，旱龙却年年逞淫威，大地焦灼，庄稼为之枯黄。但人们还是年复一年地盼望、祈求着神龙的降临，越是大旱大灾之年，求神龙之心就越切越诚。但人们从来没有见过神龙的踪影。

"万万没想到，我这老骨头还有福，能看到真正的神龙。"老农说着，脸上绽出笑容。

"神龙？爷爷，神龙在哪呀？"孙子不停地摇着农民的手，嚷着。

老农深情地抚摸着孙子的脸，说："孩子，是共产党给我们带来了神龙啊！"

脸上皱纹如沟，作为历史的见证人，对造福于人类的共产党体会太深了。千百年来，这块红土地上的人们从未间断过对神龙的祈求和呼唤，希望却在一代又一代人的心里幻灭。只有今天，在中国共产党领导下的今天，才出现"神龙"，人间真正伟大的"神龙"。

甘蔗地的喷枪仍在挥洒着清纯纯的水，它告诉这块红土地上的人们，千百年来渴望的那个"神龙梦"开始圆了。

——原载于《湛江文学》1990年第5—6期

银墩果园主

这季节,太阳离我们近。头顶着一轮太阳,脚踏着一片红土。

李大谋喜欢这季节。这季节,他的七百亩芒果园,果子香透半边天,韵长味深。

"又有二十万元的收成了。"他喜形于色,满怀喜悦。

一个拖拉机手,成了大果园主;破天荒,在这红土地,种活这等规模的芒果树。

这李大谋!

南宁取经

路漫漫。南宁。1986年。

李大谋走进农学院。他浑然不知,他正走上四十年人生的辉煌。

"种芒果树几年了?"

"刚刚开始。"

"开始？以前干啥呀？"

"开拖拉机。"

一双惊诧的眼睛。王教授不知道，大谋开车是把好手。这次县里搞芒果基地，看中大谋，大谋二话没说，就来了南宁。

"有志气。"教授赞许。

随着教授，大谋去看品种。院门一开，果树林立。大谋也是有见识的人，可从没见过眼前这情景：一棵树挂果一百多个，收果有二百多斤。品种1、2、3……9号，果儿一个重达两斤，不是椭圆状，而是呈小冬瓜形。

人类杰作。

从此，大谋的脑子仓库，不仅收方向盘、交通法规等名词，也把串芒、红象牙、紫花、桂香等陌生词儿入了库。

路漫漫，李大谋开始了新的征程。

兄弟结盟

南宁归来，大谋主意已定，拼上半条命，也要种活芒果。

夜凉如水。烟味浓郁。大谋屋里，妻女、三个弟弟在"隔山听锣"，大谋"声情并茂"，将南宁之行演绎着。

"谋哥，种果没准，不如开车拿稳。"弟弟发言。

"这放心，县里出技术，出资金，靠得住。"

"谋哥，开车闭着眼也行，种果这活，我们几兄弟都不懂，怕连本都亏了。"

"不懂就学,当初开车那阵,谁懂?还不是学来的?有心,什么都能学会。"

"好,谋哥,我们听你的。"

"就这么定了。"

四兄弟商议,把银墩那两千多亩荒坡承包下来,造林种果,将运输得来的十万元全投入,搞个轰轰烈烈。

大谋端酒杀鸡,鸡血一滴滴下酒碗。三个弟弟望着大谋,神情肃穆,如同出征。

"来,为把事办成,喝!"大谋举酒碗。

"喝!"

四碗酒,全见底。

不是刘、关、张桃园结义,却胜过刘关张桃园结义。

血战银墩

银墩没有银。它位于徐闻县大黄乡,方圆两千多亩,铁砂土,杂草丛,荒坡地。有人试种树,次次不活,人称"鬼地"。

1986年秋,李大谋率一妻二女三个弟、二十多个帮工,上了银墩,安营扎寨,向银墩开战。

种树得先挖穴。那时候,太阳很烈,李大谋他们每天都得背太阳,好在他们都是农人,训练有素。天刚擦黑,锄头就飞舞,像密集的炮弹，在银墩上开花，出现一个个穴。砂土坚硬，锄头下去，两三下，手麻锄秃；换上十字镐，虎口出血，包扎好又来。大谋满身是汗，浑身是尘，一顶草帽，挡住阳光。三个弟弟年轻力壮，甩开胳膊便挖，汗浸上衣，便赤膊上阵；大谋十二岁的小女儿抡起锄头，猛挖，却累倒在地。母亲抱她下去，她嚷着："妈，我不下，我不下，我要看爸爸。"

太阳隐去，月亮上来。女儿睡着了，大伙也累得迅速入梦乡。

李大谋和妻子陈爱英却又得背月亮，披衣荷锄，细细察看。

"英，让你受苦了。"大谋凝视着妻。

"谁叫我跟上你。"妻给大谋披上衣。

日出日落，一千多亩的木麻黄树苗种下去了。此地台风频繁，期望这木麻黄能成为一道绿色屏障；七百多亩芒果树苗也种下去，"串芒"、"桂香"、"红象牙"、"紫花"等品种，点缀银墩。

1987年，徐闻大旱。

李大谋京城归来，银墩果场却是满目败景。树叶枯干，片片脱落。一千多亩木麻黄树苗，死了一大半，六千株果苗，死了二千多株。慕名前来的人，扫兴而归，顿时舆论四起。

一盘残局。

三弟气恨交加，拱手作别。几天后，剩下的两个弟弟，亦面带难色，与汽车做伴去了。

盟誓崩溃。大谋的心好像掉了似的。他徘徊在果园边，欲哭无泪。

唤不应，摇不理，如木头，如石块。良久良久，他折断一株苗，一看，枝干还青。枝青表明树还活着。大谋心也活了。有一线希望就要拼搏。李大谋他们成日挑水浇苗，终于挑到树苗渐而转青。

果实累累

1991年夏热时节，李大谋的"银墩芒果试验场"第三次收果，又是一季好收成。据估算，不下二十万元。

太阳仍然离我们很近，整个果园在微风中轻轻晃动，闪着万点斑斑驳驳的碎光。来到这，不用嘴尝，只需瞥上一眼，就令你心醉。串串果子挂满枝头，压弯树梢，个个像小冬瓜，两斤重一个；"红象牙"皮里透红，"串芒""桂香""紫花"黄澄澄，满园溢香。凡是来看的人，都想种芒果。李大谋的家乡城南乡灵山村，家家户户种芒果，成了全县有名的芒果村。

李大谋敢想敢为，终于闯出了一条成功之路。省、市、县领导赞扬李大谋，支持李大谋。他们视察了李大谋的果园，并在资金、肥料等方面给予具体帮助。丰收时节，县长叶振成来到李大谋的果园察看，望着挂满枝头的芒果，高兴地说："我们要让全县坡坡岭岭都变成绿色的银墩。"大谋激动不已地说："明年来吧，明年会更好的。"

这话，不知是向县长表决心，还是说给自己听。反正，李大谋自信明年会更好！

——原载于《半岛绿潮》（湛江市林业局、湛江人民广播电台编，广东省地图出版社1991年版）

琼州海峡协奏曲

朱堪智　苏定华　潘建义

1987年秋,新闻媒介突然披露一则令人惊喜的消息:将在海南岛筹备建省和创建全国最大的经济特区。

一时间,成千上万的共和国公民,热血沸腾地背起行囊,匆匆南下。于是,南腔北调的人流汇成大河,涌向那个神秘天涯,那个椰风浓烈的海岛。

刚从1984年的"汽车狂潮"中冷静下来的海南岛,又开始承接着这八面来风。人流如潮,势不可当。海南吃紧,就像是一艘满载旅客的船,人流仍不断地涌进。船越来越沉重,人却不断挤上来,海南焦急,国务院也焦急。

在海南岛对岸雷州半岛的海安港,此时也乱哄哄、闹嚷嚷的。到海南,必经这个口岸。这个祖国大陆最南端的边陲口岸,只有一个20世纪50年代兴建的港口,一条8米宽的进港公路。现在每天都要接纳数以万计的旅客、五百多部车辆。小小港口得承受全国通向海南的客车流量。要是遇上台风，渡船停航，大量的人和车辆滞留在海安，吃、住、治安、卫生，都成难题。到处是人，到处是喇叭声，到处是车油味，平静的海安喧闹混乱。

稍有经济头脑的人是不会放过这时机的。瞧，二百多家小食店"唰"地平地而起，东倒西歪高低不一地立在港口公路两旁，价格和卫生会使你终生难忘。那片坎坷不平的客车临时停车场，是借用驻军的地盘，晴天三尺尘，雨天遍地泥。成百辆客车的轮子在这里无情地碾压，没有规则地停放、拉客、竞争。碰上大雨，满地烂泥，想搭车的进不去，想下车的出不来，怨声载道。这时，有人会送你塑料食品袋，让你包着脚板出去，不沾一点红泥，每个食品袋收一块钱。你如跣足提鞋走出车场，有人早已提水恭候，每桶洗脚水两块钱。当然，背你出去也行，要三块吧。行李多也不怕，有大板车，人货合载，五块钱搞妥。还有……那车辆，只得在公路上摆龙蛇阵了。码头近在咫尺，但关卡重重。碰上"李鬼"当道，若不留下"买路钱"，休想过关。

琼州海峡，涛声阵阵，不知留下多少旅人的怨声、司机的骂声。"太乱了，太脏了，太差劲了！"各家报社电台愤愤然，甚至《人民日报》也发声批评。

海安，你该怎么办？

咽喉道上的"黑旋风"

有人把"海安现象"称为"开放过敏症"，海南风一吹，海安就感冒。

　　1989年初春，海安来了几个陌生人，他们是受徐闻县人民政府的重托而来的。当瘦削的林杨树和壮实的冯堂走在那条进港的唯一交通动脉时，望着沿途的脏乱差交通环境，不由得攒眉沉思。

　　简直是乱套了。

　　省市县有关部门密切关注着，派人到海安察看，着手解决。1989年2月1日，湛江市政府指示徐闻县政府组建"海安交通管理指挥部"，指挥、协调、检查、监督海安港的交通、治安、卫生工作。县公安局副局长林杨树和县交通局业务股长冯堂分别担任指挥部办公室正副主任。

　　2月的海安，人流车流匆匆。春节快到了，格外繁忙。整顿交通环境是刚刚成立的指挥部烧起的第一把火。

　　推土机轰然，公路两旁蚕食道路的二百多间违章搭建小食店纷纷倒下。县政府当时主管工交的副县长、海安交通指挥部总指挥黄明美带领指挥部组织公安、交通、工商等部门的一百多人的清理路障队，强行拆除两公里长的路障。

　　突然，推土机熄火了。前面是一家小食店，店主横加拦阻，不让推土机上前。

　　"谁敢铲？谁铲谁负责！"

　　"我负责，铲！"林杨树吼叫起来。

　　"这次是来真的。"海安人心里多了一点共识。

　　又是一场台风。

道路两旁的椰子树醉汉般地摇晃着。海浪一次又一次疯狂地冲击着海岸，溅起阵阵浪花。渡轮停航，大批旅客被滞留在海安口岸，一千多台车辆龙蛇阵般在公路上蜿蜒了5公里。

这是一个不平静的夜。边防派出所的武警战士警惕地巡逻着，港口和镇上的公安干警也密切注视着每个可疑点。年过五十的林杨树不减当年勇，日夜巡视着公路上的每一台车辆；冯堂脚上恰好有伤也顾不上休息；躺在病床上的蔡兴位也一跃而起，自动到位值班。交警中队长陈后敷夜晚驾驶着警车来回巡逻，用广播宣传催促司机协助配合……

台风过后，司机和货主们发现自己的车货俱全，无不流露出感激的目光。

海安口岸一点一点在变，变得标致，变得光彩。进港公路延长了600米，从原来的8米扩宽到18米；三家单位集资修建了一个3500平方米可停120台车辆的公用客运站；码头耸起了多功能的港务大楼……

去年，省里一位曾经的领导来到海安，望着治理后的海安口岸，感慨地说："确实好多了。"

李鬼，看你往哪跑

1989年5月11日，《人民日报》头版刊出了新华社记者拍摄的一张照片。题为《一只贪婪的手》：海安港码头一只贪婪的手正伸出来向司机要买路钱。

　　同一天的《海南日报》头版也刊登了新华社记者撰写的《海安码头敲诈勒索目击记》,情形是这样的。

　　海安码头。徐运203号渡轮开始装车上船。船上走下两个人,司机们立即赔笑脸围过去。一辆装满钢材的汽车司机交过货运单后,刚把机器发动,那个从船上下来的年轻人就踩上驾驶室的踏板,那司机急忙递上五元人民币,他立即塞进裤袋,挥手放行。

　　又一辆汽车开来,司机交了货运单后没有给小费,那位年轻人就跑到车前挡住,并大声喊叫,不让上船。司机无奈,只好掏出一张十元钞票递过去。

　　最气愤的还是一位广西司机,他说:"开票那边也收钱,开票后收钱,零钱不找给你。我每个月都跑五趟海南,来的次数多了,这些事也就明白了。给钱时不用说,夹在货运单里,收票的一摸有钱就让你上,没钱就让你等。二三十元不算多,有次遇上台风,还要我几百元,我都给了。"

　　船去了,码头上只留下两辆没有给小费的邮政车……

　　人们把这种敲诈勒索者斥之为"李鬼"。"李鬼"出没海峡,社会舆论哗然。指挥部决意来个一网打尽。

　　一天深夜,海安码头车水马龙。海南省三亚市一辆货车办好过渡手续后,进入码头排队上船。但排了两次,都被船工指挥靠边停着,眼巴巴看着别人的车辆乘风破浪而去。第三次,粤民425号渡船船工过来,挺热情地问候:"老板,生意好吗?"边说边用手做数票子的手势。货主领会,伸出指头,三、四、五……最后掏出六十元递过去,船工满心欢喜。谁知突然响起一声冷笑,眼前的司机亮出证件,"海安交通指挥部"赫然入目。原来"司机"和"货主"都是指挥部人员。这下李鬼碰上李逵,真是冤家路窄,逃不过两把板斧。紧接着,其他便衣人员也纷纷亮相,当即在三艘渡轮上查获勒索司机的船工二十多人。

"指挥部那帮家伙好狠啊!""李鬼"们窃窃私语。

"狠什么?勒索司机就不狠?对这种人不狠点硬点,这股不正之风就刹不止。"林杨树言之凿凿。

然而,金钱的诱惑力还是巨大的。指挥部人员走到码头,一些渡轮上的船员便拿起报话器报警:"注意注意,指挥部来了,指挥部来了。"

道高一尺,魔高一丈。指挥部迅速在港区设置十五个举报箱。每辆车经过,发给司机货主每人一份举报材料证明表填写,等从海南归来再交回指挥部,然后"按图索鬼",这招杀得"李鬼"们心惊胆寒。

但,"李鬼"毕竟是"李鬼",码头上有指挥部的暗哨,他们转到海里较量。等船到海中,"李鬼"们就开始收"买路钱"。

舆论四起,徐闻县委县政府极为重视,副县长王如文亲临海安,召集有关人员会议,研究对策。"随船出发,查他个水落石出。"林杨树拍案而起。

在海安港口码头,海口新港和秀英港码头,指挥部的几个人员全部出动,向每辆上岸的汽车司机查询有无被勒索。船工们大都认识指挥部人员。那好，指挥部邀请十位离退休公安干警和社会人员组成密查队伍，乔装打扮，随船查访。

交手十几个回合，"李鬼"们又败北了。11艘轮渡的"李鬼"落网，他们18个航次，勒索司机旅客金额1143元，私分客票款1574元。广东省海峡办按交通部颁布的《水路运输违章处罚规定》，对广东方面的的七艘渡轮进行处罚。严重者在船上显眼的地方挂上黄牌，写上"敲诈勒索，黄牌警告"8个大字，海南方面也对下辖的4艘渡轮课以严厉处罚。

指挥部成立以来，追擒"李鬼"，采取了停航整顿、挂黄牌警告、开除、行政拘留、办班学习和经济处罚等方法整顿，共查处船舶76航次、勒索行为156次，处理群众信访案件85起，进行办班教育船员550人次。

海南和湛江两家电视台曾报道了海峡两岸整治后面貌一新的情景。

海安口岸的"特使"

"找指挥部去！"

在海安，流行着这么一句话。确实，司机、货主、旅客每遇到麻烦事，都会找到指挥部来。

冯堂感慨地说，搞好海安，光靠指挥部唱独角戏是不行的，需要驻港各家单位的同心合作，而作为政府派出机构，指挥部有责任做好协调工作。

海安那个临时客车场。晴天尘遮天，雨后满泥浆，旅客叫苦连天。

"这样下去不行，得建个用玄武石铺底的停车场。"冯堂向上级部门提出建议。

于是，他们的身影出现在海安镇政府，出现在县交通局，出现在海安卫生院……1989年，三家单位同心协力，修建了一个面积三千多平方米的大型客车停放场，使过海旅客各俱欢颜。

路一步步地走，他们协助镇政府把车辆停放划为四个地方：客运车场、短途小客车上落站、过海车辆开票停车场、运输危险品车辆停车场，进行分类管理。他们协调港航有关单位解决过海车辆运输队业务环节问题。他们协同镇政府和公安部门强行拆除了外流人口在海边修搭的简住舍143间，清理盲流人员两千五百多人，减少不稳定因素……

然而，困难好像没有尽头。

1989年初，广东和海南两省政府签订省界划定协议。琼州海峡中线为界，中线以北水域属广东省管辖，中线以南归海南省管辖。4月1日，原统一经营海峡运输的广东"琼州海峡轮渡公司"自然解体。

真是风云突变，林杨树不由得暗暗叫苦。统一经营体系一垮，"诸侯割据"局面又重新出现，那还得了？

"不行，得先走一步。"林杨树和冯堂急匆匆地召集海峡营运单位协调会议。曾经为侦破一宗杀夫案而三天三夜不合眼的林杨树，怎么也改不了风风火火的习惯。

海安的正常航班稳定下来了。然而，一艘艘满载汽车的渡轮乘风而去，却空空归来。海南的渡轮也是满载而来，空载而归。一道人为的篱笆阻隔两岸。成吨宝贵的柴油白白倒入大海，谁见谁心疼。

8月16日，两省交通厅颁发了有关海峡规定，广东省在海安设立"琼州海峡轮渡运输管理办公室"，海南省也在海口市设立"琼州海峡轮渡运输管理办公室"，分别代表两省交通主管部门负责琼州海峡轮渡运输日常管理工作。广东"海峡办"就设在指挥部，一套人马，两个机构。

林杨树和冯堂一次又一次奔赴海南游说，陈述见解，寻求合作。1990年8月24日，海峡两岸港航部门领导在湛江市聚会，痛陈渡轮相对放空的弊端，确定9月1日起在海口港、海口新港和海安港实行汽车渡轮对等配载方案，广东同海南轮渡以1∶1台次配载，并以车辆流量的40%为对等配载基数。

1990年9月1日，晴空万里。广东湛徐轮渡公司的渡轮"粤民425"缓缓驶入海口港。在琼州海峡风口浪尖上度过三十多个春秋的老船长梁堪，没有像往日那样，卸完汽车，急匆匆地将空船掉头往回赶，而是站在船头上，高兴地看着早候在码头的汽车装船。

"粤民425"是第一班配载汽车的船。梁船长感叹地说："这艘700余吨重量的船空跑一趟就浪费一吨柴油。现在可好了。"

海安码头，林杨树和冯堂望着眼前的一片繁忙景象，相视一笑。

12月17日，两省海峡办在徐闻县召开海峡对等配载会议，大家算了一笔账，措施实行三个月，仅柴油就节约了852.6吨，节省140多万元。

海安的运输环境变得井然有序了,两位主任深情地说,海安交通环境的治理,有赖于上级领导的指导和关心、驻港各部门的支持。如果说我们社会主义现代化建设是一部大协作乐章的话,那么,琼州海峡的交通管理工作就是一首同心曲。

——原载于《湛江日报》1991年3月1日

为有源头活水来
——记中国工商银行徐闻县支行行长李康荣

朱堪智　潘建义

他不过是一颗棋子,在命运的轨迹上运转,直到被推上帅位。

他干过信用社会计、主任,做过公社副书记、县委宣传部副部长,但他真正发现自己,还是出任今日的中国工商银行徐闻县支行行长。

那时的徐闻县支行,还没有今日这样引人注目,也没有今日墙壁上挂满省、市、县授予的各种各样的锦旗和奖状。那时全行的各项存款额也不过4210万元。

那时是1986年4月。

那年,块头不大,但有一种将军气度的他,来到这金融宫殿里执掌帅印。五年过去了,支行的各项存款额达到1.09亿元,单是储蓄存款的净增额,便是1986年之前三十多年总和的1.31倍,向国家上缴税金309万元,利润1740万元,在全县同行中遥遥领先。职工的生活水平也水涨船高。

他多次受到市、县政府和金融系统的表彰。

他叫李康荣。

脑袋和钱袋

他一直不喜欢新官上任就忙于放火,也不愿意去充当大刀阔斧式的改革者角色。他有自己的选择,他喜欢和平的静悄悄的革命。当他开始在支行"当家做主"的时候,他就琢磨着,把全体干部职工的思想作风统一到职业道德的旗帜下。可他又不想惊雷式地发箭令,他找他的领导班子开诚布公。

自然,声音也就不大和谐了。有的说,银行应集中力量发展业务;有的说,与其搞什么职业道德教育,不如想方法多搞几个钱解决福利。

他蹙眉,继而一笑。钱袋要抓,脑袋也要抓。光抓钱袋不抓脑袋,迟早有一天,钱袋也会丢掉。

1987年,他从报纸上看到河南大学出版了《银行职业道德》一书,便立即去函订购,人手一册;花了10个月,请了10个老师,辅导、考试,让全行人脑瓜子里都多了一条"规范"。1989年,副行长潘成到郑州出席工商银行中南六省民主管理工作经验交流会,带回《文明敬语服务篇》小册子。从此,"您好,请稍等,欢迎您常来,谢谢合作"的声音,出现在每个储蓄所。

种瓜得瓜,种豆得豆。全行的储户数和存款额不断上升。18人申请入党入团，使全行的党团员达102人，占全行人数的62.6%。

他看到眼里，却不见脸上露出笑容。他并非一帆风顺，也不想一帆风顺，人生如果缺少挑战，缺少征服，那可是一大缺陷。

1988年，在中国，最热闹的算是百货商场和银行，老百姓的抢购商品的热情是前所未有，无比壮观的。售货员往外卖货，往里收钱；而储蓄员却是往里提钱，往外递钱。前者是越累越有钱，后者却是越累越没钱。银行存款大滑坡。不久，国家又紧缩银根，而徐闻县却遭遇了特大旱灾。

屋漏偏逢连夜雨。

李康荣眼看着钱流如水，心急如焚。他知道，单靠储蓄部门，是挽不回那局面的，得发挥整体的功能作用，全行上下抓储蓄。于是，"奋战七十天"的口号成了全行的行动准则，大街小巷到处是工商银行职员的足迹。

一天晚上，倾盆大雨，储蓄员吴明忠踏着雨水，急急到同学家去。这位同学刚卖了一部汽车，有4.5万元现金，他已经三顾茅庐去游说这位同学将钱存入银行了。当这位同学在雨夜里见到浑身淋透、像个落汤鸡的吴明忠仍上门时，便什么也不说，当即答应将钱存入银行。

七十天，单是各股室利用业余时间挖潜吸储便达344万元。

次年2月，李康荣又搞了一次别开生面的实物摸奖储蓄，县城、乡镇、农场，兵分三路，同时出击，历时一月，吸储265万元。

真是人心齐，泰山移。

在支行的历史上，从来没有这么大规模的行动，也从来没有这么同心协力。职工们深有感悟地说:"李行长当初抓脑袋的苦心,到了关键的时候就显灵了。"

这里是"太平洋"

常言道:近水楼台先得月。李康荣就怕这个"近水楼台"。常在钱的河边而不湿足,他心里亮着,倘若容易,还要你李康荣干吗?

1986年冬,北风呼呼,攻击着窗户。清晨4时,他就穿衣出门。妻子嗔怪道:"这么早又这么冷,你去哪?"

"去看看金库。"他说。

"不是有人守着吗,用不着你。"

"不去不行,这个时候最容易出事。"他边呵着热气边回答,然后消失在冷风里。

妻子叹了口气:"真拿他没办法,他这人呀,像是50年代的人,还是那么一股死劲。"她嘴里虽是这样数落着,心里却是甜滋滋的。

金库的警卫人员,看到自己的行长踏着严寒前来,心里暖烘烘的,更加抖擞精神,睁大警惕的眼睛。

有人打趣道:"李行长,我看你当行长连觉都睡不好哟。"

"有什么办法?现在还不是高枕无忧的时候。"他也笑着说。而在笑的背后,却凝结着一种沉重。金融系统的经济案件不断发生的通报时时萦绕在他的脑海里。由于一些银行内部外部或内外勾结作案频频得手,银行成了许多贪婪目光的焦点。在劫难逃!危机意识频频催促他，只有迅速建立一套高效运转的业务监督体系，才能绕过礁石，扬帆万里。

他别无选择。

他需要领导核心的团结和支持。副行长黄淑芬、潘成、符致广、党支部专职副书记邹秀娇，工会主席洪美金，总会计吴坚与他同舟共济，同划船桨，直向理想的彼岸。

他常说："个人的智慧毕竟是有限的，只有把大家的智慧汇集起来，才能汹涌澎湃，势不可当。"

1987年，"职代会"颁布了《徐闻县支行十条纪律》《职工奖惩条例》等十四项制度，同时，恢复储蓄事后监督，设置稽核股、保卫股，配备副行级总会计、专职监察员以及储蓄专职检查员，并配齐了股所长，实现了每个股所至少有一名党员。此外，还设立了意见簿、举报箱、举报电话，从县级机关单位聘请了17名业务监督员。

一切都那么的有条不紊，有声有色，李康荣嘴角露出了一丝不易察觉的微笑。他知道，"手术"仅仅成功了一半，还要使每个干部职工了解制度的重要性和自己所干的工作有哪些规定。出纳要知道"四双"（双人临柜、双人押运、双人守库、双人管库）、"实箱上柜"、"收付款登记券别"、"每天扎账碰库两次"，坚持查库，办理业务时，一笔一清，卡准大数；会计要知道审查核对印章，大额汇出款的审批，联行印章、密押、凭证三分管，出入口的联行报单和支款凭证的控制审查及退票的及时处理；储蓄要知道双人临柜、严格空白凭证、有价单证、公私章的管理使用；信贷要知道坚持"三查"制度和三级审批及防止以权谋私、以贷谋私问题，防止内部作案、内外勾结作案和差错事故的发生……

没有规矩不成方圆。人生的大潮此消彼长，有个规范场，也就不至于无所适从。

有人说，李康荣还不是老调重弹，旧瓶装新酒。等着瞧吧，开龙头剎鼠尾，这事见多了。

确实，开龙头剎鼠尾的事很多，来时一场喜，去后一场空。可李康荣认真得很。世界上最怕认真这两字，而共产党员最讲认真。

"老调该弹的还得弹，姜毕竟还是老的辣嘛。"李康荣正言道。

每天早晨，他总是第一个上班，站在那里，迎接他的属下。

桃李不言，下自成蹊。"李行长站在那，我们好意思迟到？"职工们说。

在烈日炎炎的中午，当储蓄所的职工看到汗透衣衫的行长跨入储蓄所时，竟不知所措，赶紧倒了一杯水递给自己的行长，表达无限的情意。

星期天和工作日的中午，是他出巡的时间。在那辆单车的帮助下，他跑跑这个储蓄所，跑跑那个储蓄所。全行十三间储蓄所，不知他哪天会突然"大驾光临"，也不知他随时抽查哪个环节。于是，大家从不敢马虎，养成了认真的习惯。

他喜欢这样不打招呼式地巡察。累了，回到办公室，往座椅或沙发上一躺；饿了，有时几个馒头算"落实"。四十多岁的人了，还洒脱得很。

李康荣的手下，有一批精兵强将。出纳股马娟点钞技术达到总行业务技术能手的标准，陈梁贵出纳工作连续十年无差错，获省行二等奖。原副行长黄淑芬，是个梅县女子，十八岁便来到徐闻，为这片红土贡献了半生。当别人选择深圳珠海时，她却坚持地留在这片红土地上，默默耕耘，默默奉献。在她娴熟的业务知识和高度责任感面前，任何可疑点都无法逃脱她的眼睛。还有副行长潘成、总会计吴坚、专职检查员蔡裕珠等163个身躯构成的一道安全线，组建成坚固的"长城"。

当一些地方的银行频繁出现经济案件时，这里却是"太平洋"。

磨成千片石，已费万年心。

优质服务的窗口

李康荣深知，徐城有三多，银行、发廊、药材铺。单是各家储蓄所，全城就有42个。蛋糕只有一块，而求者却越来越多。要立足，要生存，非得有优质的服务不可。

1987年，工商银行东方红一路储蓄所实行夜间营业，这是全县第一家夜间营业的储蓄所。之后，各家银行纷纷效仿。

1990年更是热闹。一次，在向阳所，一位远离县城三十多公里的西连珍珠场职工，路过该所看看，储蓄员便热情问候，当得知不是存款时，照样热情递上一杯热茶，说："同志，存不存款没关系，先来喝一杯茶。"话语平常，却感动了这位职工。几天后，他特意乘车来该所存入定期存款10000元。

"断盐断醋，断不了娘家路。"民主路所把温暖和方便送给储户，坚持为五保户上门办理存取业务，为储户送去汇款单，被誉为"储户之家"，甚至离县城几十公里的角尾乡、锦和镇的群众也都纷纷慕名而来。有一次，临下班时，有个女储户急急而来，把存款单及现钞交给储蓄员便走，储蓄员点钞时发现现钞比她填写的存单多了1000元，于是等她来时，叫她重写了一张3000元的存单，那女储户惊讶不已，连声道谢。

徐城所积极开展外勤工作，上门征询邻近单位储户的意见，红旗所和东方所分别在柜台上拾到储户遗失的5000元和300元，通过支行，将钱分文不少退还失主……

李康荣翻阅着各所的意见簿，意见144条，就没有一条是批评的。他很欣慰，去年仅用52天的时间，全行就完成全年增加储蓄存款700万元的任务，成为全市第一个提前完成年度储蓄任务的县支行。省、市分行给予高度评价。4月，湛江市分行还在徐闻县支行召开服务工作现场会，推广徐闻县支行的经验。

李康荣又把目光投向他的信贷部门，要求信贷部门把支持徐闻经济发展为己任，尽职尽责。信贷员个个是好汉，在国家紧缩银根的情况下，他们对食糖资金管理实行"三个同时，二个专户，一个跟踪"的做法，有效地支持食糖收购，得到市、县政府的表扬，同时还在总行《城市金融报》上全面推广。不仅如此，他们还到外地协助有关部门追回欠款。1990年，大水桥糖厂、前山糖厂扩建，县水运公司建造新船只，为确保经济效益，信贷员多方奔走，对项目的可行性做了大量的调查研究，并给这三家企业发放贷款达1840万元，资金及时到位，项目按时进行，得到县委县政府和企业的好评。与1988年相比，1990年全行支持的工交企业产值增长了63%，税利增长64%，地方商品销售增长99%，税利增长55.8%。

有人说，李康荣的管理方式是日本式的，全行干部职工的家庭状况，他都了如指掌。退休的职工，每到生日，便会收到他的生日礼物；职工、孩子上学难、夫妻分居问题，都妥善得到解决，人心温暖。

他却摇摇头，虽然他写下几万字的读书笔记，但他仍认为自己的管理是纯粹中国式的。

徐闻县支行的名声越来越响，被评为省市工商银行思想政治工作先进单位、金融工作先进集体、省职工读书自学活动先进集体、市县先进集体、市职业道德教育先进集体、市文明单位和县十佳企业等。每年都有新的荣誉。

他却告诫自己，荣誉往往会造成美丽的错误，真正推动支行走向辉煌境界的，是那些默默奉献的干部职工。

他为生活在他们中间而自豪。

——原载于《湛江日报》1991年6月16日

保健内裤和赤砂糖之妙

友人极力推荐湛江出产的"力加力"保健男内裤,说是不仅舒适,而且具有保健功能,当今青年,大多喜欢此产品。听来颇觉好奇,于是也去领教一番,果真奇妙。

男内裤这东西,几十年一成不变,式样少有变化,大家习惯了,也就习以为常。而湛江人却跳出了常规的思维方法,在内裤里搞了花样,增加一块布,形成袋状,加以专制,把男内裤的实用性和保健性结合起来,突出保健的特性,因而大受欢迎。

如果你仔细观察,就不难发觉,"力加力"之所以成为专利产品,它不仅仅是像电子表装在手镯、项链之中,耳塞式收音机同耳环结合在一起的功能性附加物,而是一种将穿用和医用相结合的功能创新了。

由此想到了我们的"郁郁蔗海甜甜糖"。无论是白糖还是赤砂糖,千篇一律五十公斤包装。涉及行业领域,外行不便置喙,但对于家庭消费者来说,购买和送礼物极为不便。徐闻县迈陈糖厂便在这方面做文章,特制一批五公斤包装的赤砂糖,试销便受青睐。一是具有药用价值，二是携带方便，三是便利送礼。我不知道它的功能是否有所改变，但即使是功能的附加，也是值得赞赏的。

随着经济的发展和科技的进步，人们越来越重视商品的多元化。这就要求生产者的思维不断跳出商品的原有属性，赋予它新的功能，使商品更具有竞争能力和生命力。

——原载于《湛江经济报》1991年6月18日

突然想到"石狗林"

雷州半岛石狗雕刻艺术的源头追溯到何时,有人推算说是唐朝,这个尚未去考据。不过,散落在民间的明清时期的石狗倒是不少,譬如徐闻县的乡村石狗到处可见,或落于山坡,或弃于角落,或砌入墙围,或立于门外,与普通的石头同等价值。

不久前,一位对石雕艺术颇有研究的新华社记者来到徐闻,旋即被石狗吸引住了,流连忘返,竟在徐闻泡了五天。他说,跑遍了大半中国,从来没有见过如此之多的石狗,太有研究价值了。此事在当地文化界引起了反响,石狗是雷州半岛先民的图腾,是守护神,石狗文化也是雷州半岛地区独特的民俗文化,如何保护和开发石狗文化,也是我们需要研究的事儿。几位文化界人士便合计着,呼吁县镇政府和有关部门在全县范围内收集几百个石狗安置于"徐闻人民公园"内展出,命名"石狗林"。开发石狗文化的价值,最好的方式便是保护"石狗林"。

我想,倘若几百个石狗集中一个地方,那该是何等的恢宏,何等的壮观。雷州西湖虽然"水光潋滟",但毕竟是"小家碧玉",缺少一种气势的恢宏。而被誉为"世界第七奇迹"的西安"兵马俑"、深圳"锦绣中华"微缩景观、云南的石林,还有书法碑林,其吸引眼球之一,盖因其规模之大,物品之多,而令人产生共鸣。如果它们仅是二三个物品,想必也就没有这样的气魄和魅力了。

"石狗林"一事若能玉成,一可增添小城的历史感和知名度,二可研究先民的图腾遗风,三可增加公园的观赏功能,四可带来经贸机会,何乐而不为?这不仅是一地、一市、一省的盛事,甚至可能成为"中国一绝"。

据说有心人已经着手准备收集工作,这真是令人欣喜的事情。

——原载于《湛江日报》1991年7月6日

话说"留党察看"

处理一些超生的共产党员，大都是"留党察看"而已。我以为，这种处理似乎是轻描淡写了。虽然我们党一贯主张"惩前毖后，治病救人"，不喜欢"一棍子打死人"，但我觉得，对违反计划生育的就应该"一棍子"。理由很简单，犯其他错误还可以纠正，但孩子生下来了，你还能纠正吗？计划生育是基本国策，作为一个党员，应该坚决执行党的方针和政策，倘若只为个人利益，而不顾党和国家的利益，那你还有什么面目留在我们党的队伍里头？

现在，全省实行计划生育"一票否决"制度，不管其他成绩多显著，只要你违反计划生育这一条，就别想评什么先进了。这样很好，很利落。你犯规了，就得退出，还"察看"什么？说得过火一点，"留党察看"实际上是种不痒不痛的处置。人们都说，孩子都生了，才是个"留党察看"的处分，值得。

我觉得，对超生的党员，在党内处置时，也应移植"一票否决"的方式，不知诸君以为然否？

——原载于《人口观察报》1991年9月25日

来点"过期无效"意识

日前逛街,突然发现,人们争相抢购的食品大都是"处理品"。但一细看有效期限,原来是过期的商品,怪不得要"处理"。购买者只是看中其价格低,全然不顾有效期限。

想起以前不明白外国资本家为何要把牛奶倒进河里,把肉类或其他食品倒入垃圾桶,原来那些都是过期食品。宁可倒掉,也不让消费者受危害。因为国外的食品法律规定,任何出售的食品都标有期限,过了安全期限一概当垃圾处理。手头上没有我们中国的食品法,不知道有没有相关规定,过了有效期限的食品是怎样处理的。但我觉得,当垃圾处理确实是一项有益于消费者健康的措施。

我们常常在报纸上看到,人们斥责制造假酒劣酒冒牌酒或把剧毒农药喷洒在蔬菜上等等,是不道德行为。而这些明知道有效期限已过,但仍在出售的经销者们,跟这些人又有什么差别?

商品经济要发展,与之相适应的保护消费者利益的经济秩序所要维护，无论是经销者还是消费者，是否应该来点"过期无效"意识？

——原载于《消费时报》1991年10月5日

"单身贵族"颂

友人极为崇尚"单身贵族",三十挂几了,还是"一朵花"。问其故,答曰:"独身来去无牵挂,岂不善哉?再说,独身还是一种独特的人生体验。"在连中学生都叫嚷着"我想有个家"的今天,友人竟"出尘泥而不染",着实令人折腰。

想当初,我们四条汉子,喝鸡血酒相约决不斜视少女一眼,决不婚娶。到头来,毕竟挡不住,外面的世界太精彩了。于是乎,个个有了家室。

"来去无牵挂",似是一种境界,但似乎又是一种失落,就像一丛无根的浮萍。说是"一种独特的人生体验",三十多年了,还没体验个够?还是应该体验"温馨的家庭生活"才是。人如果一生中没有做父亲或母亲的经历,可以说,不是一个完整的人生概念。要么"单身贵族"也许是情场失意或个人隐私而无法摆脱所自封的美称罢了。

友人要我做"单身贵族"颂,写时才知文不对题,也算是一种颂词吧。

——原载于《湛江日报》1991年10月20日

不要"守株待兔"

老是被报刊提醒，你是否算模范丈夫？你是否忽视了娇妻的小脾气？丈夫是"理智型"的，妻子是"感情型"，无论什么情况下，"理智"都要向"感情"投降，否则便是破坏家庭气氛。

丈夫啊丈夫，可怜的丈夫。有谁来说一句，不要忽视丈夫的"大脾气"呢？

当丈夫理智地拼命地与这个世界上形形色色的人打交道，拖着疲惫的身子想躲入家庭这个"避难所"放松时，却还要小心翼翼讨好妻子，否则她会失望。她一失望，报刊就又来提醒你，好像报刊全是为女人服务似的。到如今才明白，中国的丈夫词典里为什么会多了"妻管严"这个名词，才明白电视台为什么要评选"现代好丈夫"，全明白了！

夫妻需要感情交流，交流应该是双向性的，这才是恩爱夫妻。丈夫理应关注家庭中的生活细节，妻子也应关注与丈夫的情感交流。如果老是以逸待劳、守株待兔地等待丈夫主动付出情感，才如数付出自己的情感，久而久之，恐怕又要去求助报刊的。

在这里，我想向妻子们说一声，在感情交流时，要主动出击，不要"守株待兔"。

——原载于《湛江日报》1991年11月2日

村路的启示

最近,笔者下乡了解社教情况,发现一种普遍现象,就是"社教队"到哪里,路就修到哪里。

有个村,原本是有路的,但由于村民们建屋种树,把村道一寸寸蚕食了,最后变成牛车单车进不来,下雨无法撑伞,行路要侧身,村里死了人,棺材抬不出村,要出钱买路砍树才行。"社教队"下来后,工作做到家,人人都举手赞成修路,砍树拆房,出资出劳力了,修了一条长达四公里的"环村路"和长达一公里的村内路。

村路的变化耐人寻味。过去,蚕食道路的是村民;现在争相修路的也是村民。这既从一个侧面说明了开展社会主义思想教育的必要和及时,也反映了一个真理:农民一旦坚定了社会主义信念,就会激发出强大的物质力量。

修路便是一个佐证。

——原载于《广东农民报》1991年12月8日

供销社里风光好

朱堪智　潘建义　李乐

十年改革,震荡最激烈的,莫过于供销合作社了。直到今天,人们还是用关切的目光询问着,供销社是否还有活力?时值寒冬,我们走访了徐闻县供销社,所到之处,所见所闻,掩不住春光盎然。

"死产""活产"一齐上

外罗港是湛江市六大渔港之一,这里农民少,供销社当然是做渔民的生意了。

这个外罗供销社有两大名气:一是曾经闻名全省的"空壳社",二是全县第一个搞承包责任制的供销社。他们搞活经济的办法是:"死产""活产"一齐上。

承包搞了四期,外罗供销社的包袱还是很重。"自由组合,投标竞争",结果有的人为了承包,不惜投高标,承包后却无法承受,要求减指标,甚至退包,闹得上下不顺,干群不和。今年7月,第五期承包开始,他们准备一刀切,全部搞"活产"定额上缴,超利分成。

县供销社负责人张宗宏获悉后,星夜赶到外罗,与职工们协商,根据实际情况,大部分搞"死产"承包,定额上缴,风险抵押。"供销社还是个集体,还是个依靠,我们不能忘了这个集体。"张宗宏总是这样说。结果,十四个门市部,五个"活产",九个"死产"。

奇怪,本来闹嚷嚷近一个月的承包工作,竟在一个星期内完成了。半年了,上缴承包金每月5日前准时缴交,再也不用社干部催讨;也不见有资金流失现象,有的承包者甚至把自己的钱也投入门市部里。

职工们私下里说,壮大集体经济,相对稳定,个别调整,协商承包,选定负责人这法子就是行。

"庄稼医院"显神威

今年9月,徐闻县水稻遭受历史上罕见的稻飞虱虫灾,灾情严重。县委书记苏凤娟拨通张宗宏的电话,要求供销社做好农资供应工作。县长叶振成组织各乡镇头头到虫灾严重的前山镇搞灭虫现场会。张宗宏接到电话后,立即要求全县供销社行动起来,全力以赴。

那阵子,前山供销社的"庄稼医院"可忙了。该镇晚造面积16500亩,有8000亩受虫害。一夜之间,水稻成片成片倒伏。农民急了,纷纷跑到"庄稼医院"咨询,开配方,买农药。据庄稼医生窦家乐说,高峰期前来的农民,一天多达700人次。至今,窦医生已开配方3000张，没有一张是误诊。农民说："幸得供销社，我们晚造才有饭吃。"

为使农药不脱销，供销社的主任日夜奔赴6个市县，购回农药。

今年徐闻县水稻晚造获得丰收，"庄稼医院"功不可没。而这样的"庄稼医院"在全县就有10家。

除假务尽为农家

今年7月初，张宗宏发现附城供销社入仓的八十多吨丹麦、菲律宾进口复合肥是假肥，立即宣布封仓。而这时，和家、五里销售点已卖出十多包，张宗宏马不停蹄追到农家，幸好农家尚未使用，于是全部追回。

这消息传开后，有些二道贩子便上门来，以每吨400元的价格要全部购买，转运海南贩销。张宗宏断然拒绝，并决定将价值十多万元的假化肥全部销毁掩埋。这一举动，博得广大农民的拍手称赞。

"供销社就是要除假务尽为农家。"张宗宏严肃说道。今年他调查发现全县有137个无证经营化肥农药的小摊点，于是，立即会同工商、公安等部门，查处取缔这些无证商贩，按价收购化肥及农药，发现有假农药化肥也按价收购，然后销毁。宁愿亏自己，不愿损农家。曲界供销社在整顿市场时，收购个体摊点农药价值达8万元，其中有1605公斤农药已是过期货，即便如此，宁愿亏损3.7万元，也将之毁掉。前山供销社也将查处的个体摊点价值达7500元的假磷肥16吨，将之销毁。问他们为什么，一句话："为了农民不受害。"这就是徐闻供销社人的胸怀。

——原载于《湛江日报》1991年12月15日

不妨试试"男嫁女娶"

家庭关系中,最难处理的,想必就是婆媳关系了。千百年沿袭下来的就是这个样子,好像"不是冤家不聚头"似的,即使再有本事的"清官",也难断这家务事。虽然我们的宣传媒介也宣传,推广过许多新型婆媳关系的典型,但仍有相当多的婆媳冲突在"前仆后继"。

如何解开这个结?"三口之家"的家庭结构当然是最佳选择了。但这种家庭结构毕竟还有个老人赡养问题。从现实来看,大多数家庭还得合在一起,既合一块,就有婆媳关系,若调整不顺,又是"历史继续","战火遍地"。

我想,我们不妨倒过来试试,男嫁女娶,到女方家落户,日常来个"翁婿关系",完全避免婆媳冲突。婆媳冲突大多数是文化层次和生活习惯的不同而造成摩擦的。对婆婆来说,还是亲女儿好,所以媳妇喜欢"回娘家",也许是这缘故。在"翁婿关系"的家庭里,"亲生"一词使母女相互谅解得多,翁婿很少有冲突,男人毕竟是男人;至于岳母,更不用说了,天下多数的岳母都是疼爱女婿的。疼爱女婿就是疼爱女儿，因为女婿是女儿的依靠。

朋友说，这样不是生女儿好吗？其实，"倒过来"的意识推广了，也就不必为生男生女而绞尽脑汁，计划生育工作也会好做多了。

——原载于《湛江日报》1992年1月7日

关于假文章

曾经读过一句格言:"上天禀真情,不做假文章",至今记忆犹新。前句不必多说,后句"不做假文章",似乎说绝对了。我以为"假文章"恐怕还是要做的。不然,我们的好些人就得喝西北风了。

"假文章"虽是假字当头,但它的表现形式却是形形色色的仿真。假字、假画、假商标、假印章、假钞票,鱼目混珠,无法分辨,毕竟还是"假文章"的"笔法"行。而那些"真的"们往往也被冲击得忙于招架,挂起"正宗"的盾牌来应战。其实,到了这种地步,可能有人首先就怀疑你是不是"正宗"的呢!

商品世界的"假文章","笔法"再行,也不过是一次性的东西,好景不长。而知识界的"假文章",要识破它可就不那么容易了。二十年前轰动一时的唐诗《坎曼尔诗签》,二十年后真相大白,竟是新疆的两个人伪造坎曼尔名字,抄在出土的两片唐代文书纸背面的"假文章"。真是晴天里的霹雳,把知识分子狠狠打了一记"闷棍"。

有意思的是,今天这种事情仍不时发生。有本名为《钱锺书人生妙语》的书，作者全是从钱锺书的小说、散文中寻章摘句，胡乱拼凑的，把钱先生文学作品中的用典当作钱先生的"妙语"，实是妙哉！不过，戳穿来看，又不过是扯钱锺书这面大旗作虎皮，达到出书赚钱的目的而已。

"扯大旗"式的"假文章"，外国也有。美国人汤姆抓住与一位伟人碰杯时留下的照片，大做文章。他首先模糊了这照片的背景，照片只有伟人和他举着杯，然后把背面印成了自己的名片。有了这张特殊的"名片"，他摇身多变，一会儿是"左翼作家"，一会儿是"游击战士"，一会儿又是"首席秘书"，所到之处，均受高规格接待，吃喝玩乐。然而好景也不长，不久事情败露，此公被驱逐出境。汤姆的"假文章"能骗人，显然也是扯上那张特殊"名片"的"大旗"的。所以，识别"假文章"，只要看他的那面"大旗"是什么就清楚了。

做"假文章"欺骗人，理应被口诛笔伐。然而，并非天下凡做"假文章"者都应被口诛笔伐，有的做"假文章"确实也有动人的色彩。河南省唐河县桐寨铺乡科技乡长何献德，口袋常装上一张卫生院的"诊断书"：血压高，忌烟酒，忌鸡鸭鱼肉。他所到的村庄，村干部皆以家常便饭招待。一年后，"天机"泄露，原来他那"诊断书"是假的，他根本没有什么高血压。村干部了解原委后，感动不已。

同是"扯大旗"做"假文章"，汤姆们遭人唾骂，而何献德令人敬佩。可见"假文章"的做法不同，其效果也就不同。虽然我们不提倡何献德式的以"假文章"去对付吃喝风，但他那种廉洁奉公的形象，却是值得颂扬的。

《菜根谭》上说:"风来疏竹,风过而竹不留声;雁渡寒潭,雁去而潭不留影。"真言也。

——原载于《南方周末》1992年3月27日

名片新一族

名片曾经是有身份者的"荣誉证书",如今也渐渐飞入寻常百姓家了。在名片家族中,因人们心态的不同,印制的名片也就风格不同。有的名片把头衔挂满,名字却是小小的;有的只把名字突出,头衔却不屑一挂;有的连"函授学员"的学历都抛出来;有的干脆把业务范围也列在上面……正因为如此,名片世界才显得丰富多彩。

有意思的是,大多的名片都是重名轻人。有时候,手持名片,想起匆匆的一面之交,去找这人,又怕搞错;受委托去找人,那就更麻烦了。于是就突生奇想,要是名片上有照片就好了,按图索骥,百发百中。可喜的是,居然也出现这种名片新一族。

省摄影大赛金牌得主、徐闻县文联副主席胡定金先生的名片,别具匠心,在名片家族中使人面目一新。名片上除具备各种要素外,还有一幅生活照片。手持这种名片,就是茫茫人海,照样辨认无误。名片大多是别人印制的,而他的却是自己制作的,据他说,成本也是两毛多钱,值得。看到这名片,人们都认为是从摄影画册里剪出来的,许多人说,摄影家的构思就是与人不同,连名片都离不开艺术。

——原载于《湛江日报》1992年4月29日

莫"办"出负效应

第一批社教期间，不少领导亲自办点示范，并提供一定的钱物，把实事办成了，农民有口皆碑。

然而，第二批社教开始后，却出现了一种负效应：一些农村干部群众存在依赖思想，指望工作队包办农村工作，出钱出物搞建设。

笔者下乡调查就听有的农村干部说，县里来的社教队，有职有权，有钱有力，可能代替我们这些泥脚杆。有的地方则提出这项工程那项建设，要社教队出钱出物。有个管理区规划了四宗水利设施，计款二百七十万元。他们还振振有词：第一批社教队出了许多钱物搞建设，为何你们不出？

这些负效应对深入开展社教不利，也对农村工作不利。寄语各地社教队员，我们在为农民办好事办实事的同时，要注重宣传教育，加强沟通，克服依赖思想，保证社教工作健康发展。

——原载于《广东农民报》1992年4月29日

拒绝死神的邀请

朱堪智　潘建义

站在我们面前的张愈昌,平平常常,毫无惊人之处。谁也不会料到,死神向他伸出过不可抗拒的手。

这位徐闻县城北乡迈报小学的教师,今年五十三岁,回首往事,他乐呵呵地说:"老实人命大。"

十五年前,张愈昌得了一种怪症:全身红肿,肚皮胀大,胸前毛细血管尽是血点,用针刺时,血便会喷射而出。市、县几家医院都无法确诊。后来,广州一家大医院得出结论,是"恶性淋巴癌侵犯上腔静脉阻塞综合征"。好心的医生劝他赶快乘飞机回家准备后事。

老伴一边抽泣,一边为他缝寿衣,连棺材也备好了。亲戚朋友,该来的都来了。然而,时光一天天流逝,那个时刻却没有到来。张愈昌可气了,撑着身子,又上广州求治。十多家医院,包括一家研究所,对这病也毫无良策。

张愈昌突发奇想:何不自己动手,在自己身上做试验?他拖着半条命上书店，把有关的医书全买下来。回家挑灯夜读。看到有关的药物就去买，就去抓，就去吃。舌头麻了，眼泪流了，额头湿了，肚子疼了，只能忍着在床上翻滚。他不知喝了多少草药水，屋角的那个尿桶，每天都响个够。有一夜，他竟然拉尿七十二次，足足大半桶。他相信自己的疗法：泻。

十二年过去了，他熬药熬烂的砂罐就有五个，喝下了几千公斤草药水，约渣足足装了五牛车。桃仁、砂仁成了他随身的法宝。走到哪吃到哪。

奇迹发生了，症状渐渐消失了，张愈昌挣脱了死神的怀抱。

大病初愈，他就挂念着校园，挂念着孩子们。他谢绝亲人的劝阻，到城北乡最边远的迈报小学去任教，并且毛遂自荐，在毕业班执教。可病休这么多年了，原有的知识已经淡忘，增加的只有医药知识。为此，他付出了加倍的工作量。有一天晚上，他备课专注，忘了穿衣，被夜风一吹，导致旧病复发，头昏眼花、脸肿、气喘，趴在桌上，全身颤抖，好在他还能摸到桃仁、砂仁等药物煮水喝。天亮时，他看到地上砂罐已经破了，自己却还活着。

新学年又开始了，当地群众纷纷要求他留下来任教，他再也不是半条命了。他说，"我这才真正活在人间。"在他和其他老师的共同努力下，迈报小学有了零的突破，两个科目获得上级奖励。张愈昌也被评为湛江市先进教育工作者，张愈昌还是那样乐观和幽默。他活得依然潇洒。

——原载于《南方日报》1992年5月3日

"上帝"沉默了

哈尔滨市民罢吃香肠，香肠卖不出去，肉制品厂的产量只好一削再削，有的甚至到了停产的边缘，厂长们愁得团团转。这真是前所未闻的新鲜事。

这些年来，要求查处假冒伪劣商品的呼声一浪高于一浪，政府也采取许多措施，但仍无法阻止假冒伪劣商品的蔓延。一家闻名的电饭煲厂挥泪改名了。亨联公司花六万元打赢了假冒官司，假冒亨氏食品的厂家却仅被判罚二百元。雀巢公司追究"雀巢咖啡茶"的侵权行为，假冒厂家竟嚷道："要钱没有，要命一条。"最后写下保证书便告结。厂家再也不敢追查假冒厂家了，因为得不偿失；消费者再也不说假冒伪劣商品了，因为说也是白说。大家都沉默了。但别以为沉默是金，是银。要知道沉默的背后是爆发，是意味着真的愤怒的到来。

哈尔滨市民罢吃香肠，对伪劣食品无声抗议，给我们敲响警钟。政府有关部门和法律部门要动用铁的手段，花大气力彻底整顿伪劣商品市场。假冒伪劣商品的厂家，要重新认识消费者这个"上帝"，"上帝"觉醒了,"上帝"开始愤怒了,你们的戏该收场了。

——原载于上海《生活周刊》1992年5月17日

草屋书翁

这是一间被书籍占据的草屋。低矮的草屋里,一人多高的书柜四壁环合,背靠背,面对面,肩并肩地分割着这不大的空间,只留下一人宽的过道。书柜里挤满了价值达四万多元的六千多册书籍。

书屋的主人,是一个七十一岁的农夫。

在徐闻县锦和镇边家仔这个只有三十来户人家的小山村,廖志澄算是传奇人物。1970年广州疏散人口,他带着三岁的女儿来此落户,而他的妻儿却在香港,哥姐远在北美。二十多年来,他竟然仍听不懂当地的雷州话,与村民交谈,都是以笔代言。若遇上语言相通的来访者,他便欣喜若狂。

廖志澄珍惜线装书和影印书,最喜欢的是那套五百册的《四库全书》。那是他花了八千多元钱从上海邮购的。廖老不但爱书,而且爱读书。《二十四史》《十三经》《诸子集成》《清史稿》《金圣叹全集》等书成了他桌面、茶几、床头的常用书。廖老说,他藏书的特点,一是成套齐全,二是版本齐全。古时印刷技术落后,很容易造成谬种流传,备有多种版本便可考据修正。翻开廖老的一些书，随时可见书上勾画着各种圈点、符号和批注。廖老曾经花了一年零三个月的时间，给一套二十一册的《太平御览》断句。他还打算花三年时间将《四库全书》校对一遍。他说，怕自己的时间不多了，得把这些古书整理一下，为后代尽点力。抗战期间在中山大学中文系读书时，他就养成了这些习惯。

边家仔村尚未通电。平时书屋总是暗淡淡的，只有那壁小窗、门以及那盏用特大玻璃瓶制成的煤油灯给草屋带来光明，供他读书。他早睡早起，常戴着助听器散步，看上去，没有人会说他是老农，而认定他是逛公园的城市老人。

廖老的书有两种来源，一是邮购，从报纸上猎取书讯；二是赠送，一些高校教授、教师的赠书。他每读一本著作，便喜欢与作者商榷，因此常有鸿书往来。红学专家周汝昌曾送他一本《红楼梦新证》，学者唐圭璋也送他一册《词学论丛》，一些高校教师出版一本新书，便寄来，向他请教。他生活的世界因此而延伸扩展开来。

村里的人都说他是孤独的人，而进他草屋的多是外地来访者和村里的孩子。他自信他是富有的。当一个人从书海里找到归宿的时候，他就不会觉得贫乏和落寞。

——原载于《南方日报》1992年7月15日

女人，走出家门

丈夫：你老是在家里待着，守着丈夫，不如出去找你的朋友玩玩，或者上舞厅、下馆子都行。你这样形影相随，丈夫连单独行动的机会都没有了。

妻子：我没有朋友，婚前的朋友都不知怎样了。我只有丈夫，当然是秤不离砣。

丈夫：确实，女人是没有朋友的。她守着丈夫，你也守着丈夫，眼中只有丈夫，好像天下的妻子都是为丈夫而活着的。而丈夫的眼里不仅仅是妻子，他的一生得跟形形色色的人打交道，大部分时间交付给别人，而留给你的，却是一点点，你把全部生命交付与他，这好像不大"平等"了。

妻子：我不在乎平不平等，我早就交付给你了，我是你的，你也是我的，两人变一人了，还有什么不满足的。

丈夫：你是你，我是我，两个星座相互照耀，相互吸引。若合二为一，剩下的恐怕只是感情的废墟了。

  妻子：那你说怎样才行？

  丈夫：走出家门，去寻找你本来应有的位置。

  妻子：我的位置不就是你的位置吗？

男人面对的是整个世界，女人面对的是男人；男人征服世界，女人征服男人。真是一语中的。

天下的老婆仿佛只长一只眼，专盯着自己的老公。而天下的老公却齐声唱，老婆都是别人的好。夫妻倒应知道，相互把对方拴在自己的腰带上，不是办法。天天是"土豆烧牛肉"，再好的手艺，老公也会上酒馆而不回家。倒是两人走出家门，带回两个世界的新信息，相互交流，相互欣赏，才产生情感上的吸引力。

夫子说，屋里的世界真无奈，乃外面的世界太精彩也。

——原载于《湛江日报》1992年10月13日

李大谋的"芒果图"

小时候起,你就梦想着做件轰轰烈烈的大事。长大后,你也一直想圆那个梦。

四十岁那年,刚好是男人一朵花的岁月,你突然来了个人生转折,用操方向盘的手去编织一幅流香滴翠的"芒果图"。于是,在两千多亩的荒坡上,耸起了一千多亩绿荫盖地的木麻黄、七百多亩硕果累累的芒果。这时候的你,才觉得自己仿佛进入一个神奇般的世界,这个世界正向你展示着灿烂辉煌。

李大谋,你真是大谋。

一

你说,做人要做件大事,做事要有信心和耐心。"人生为一大事而来,做一大事而去",也就成了你的人生哲学。

20世纪80年代初,你喜欢公路、喇叭声和汽车。你们李家四兄弟，四个司机大佬，驾驶着两辆汽车，走南闯北，车轮滚滚，财源也滚滚，但在腰包渐渐鼓了以后，你似乎又有一种失落感，好像还缺了点什么。

缺了点什么呢？你不知道，反正你总觉得自己还没有真真正正做过一件大事。

1986年，徐闻县大搞开发性农业，要创办芒果基地。神差鬼使，县农委的领导竟找到你的头上来。你惊讶了好半天："叫我去搞芒果试验？"

"没错，那块地只有你兄弟几个才行。"

西部大黄乡有块荒地叫银墩，据说山匪曾经在那埋过两缸银圆，因而被人叫作银墩。说是银墩，其实是荒坡一片，铁原子满坡遍地，要在这沙土里种植芒果，无异于虎头拔毛。况且也有人试过种树，就是长不成。

"试试吧。"你这样对自己说。你不知世上有很多大事，往往就在"试试"中成功的。

秋天的一个夜晚，火车向着南宁飞驰，车厢里的你正听着同行人的议论。"芒果这东西，没有人影的地方是长不成的。"脑海里又回响着县农委领导的话语："我们县试验种芒果已经搞了五代了，都不成功，主要是品种问题。据湛江芒果公司的资料表明，南宁有先进的经验可供学习。"

火车隆隆，你一夜不眠。"我什么也不懂呀？""不懂就学呗，世上哪有生来就懂的人。"你这样安慰着自己。

南宁。广西农学院。当你跟着王教授进入芒果试验场,你被那枝头上一串串果实吸引住了。同行们都惊讶地问:"这是什么品种呀,一棵树挂果有一百多个?"

同行们来劲了,你也来劲了。这时你心里只有一个字:"种!"

在家里,你将南宁之行说得眉飞色舞,把三个弟弟也感染了。四兄弟合计着,把跑运输积下的十多万元全投入,到大黄乡去承包那块两千多亩的银墩,开荒造林种芒果,搞个芒果试验场。

"拿鸡来!"你使唤着妻子,你把刀往鸡脖子一抹,血一滴滴掉入四大碗米酒里。

"我们会成功的,喝!"四兄弟,四碗酒,一咕噜,全见底。

面对着你的兄弟,你心潮激荡。

二

银墩的土层很坚硬,到处是铁砂土,一锄下去,星火四迸,虎口震得辣麻麻麻的。但你的脾气更倔强,你想让世人看看,你李大谋不做顶天立地的七尺男儿,"人"字就倒着写!

1986年10月,秋高气爽。你的人马开进了银墩。从此,沉默已久的银墩被敲醒,被震动,被赋予新的生命。

造林种果,基础工程是挖穴。你的人马还没休整,抡起锄头就挖。狠毒的太阳把坚硬的土层都晒出一层粉屑,你那顶草帽毕竟挡不住光热,汗浸透你的全身,锄头挖秃了,换十字镐;虎口出血了,包扎好又来。十二岁的小女儿上来换你,你摸摸她的头,叫她去煮开水给叔叔阿姨喝。妻子递条毛巾给你,你拒绝了。你的弟弟,你的人马瞧你这不要命的样,握着锄头就更有劲了。两千多亩的银墩被挖得满目是穴。你种下一千多亩的木麻黄,然后又马不停蹄地赴湛江,买六千株芒果种苗,里头有什么"桂香""紫花""串芒""红象牙"等新品种的名儿,你不懂得这些好听的名字,但统统种下地去。

总算把果苗种下去了,总算把"银墩芒果试验场"撑起来,而你的人马却累倒了。以前,你不相信电影上的人会累得横七竖八,现在轮到你演电影了。小女儿依偎着你睡着了,你轻拍着她,脑海里却在给银墩描绘一幅美丽的图景。一年、二年、三年后,这银墩该是啥样子,那一千多亩的木麻黄防护林带,就像一道绿色屏障,七百多亩的芒果,犹如群山起伏,果香飘溢,十里八里都能闻到。蜂飞蝶舞引路,成群的人到这儿参观,说,到底让李大谋把芒果种活了。在梦里,你还这样想着。

你想得太美了,你似乎忘了我们中国的一句老话:好事多磨。

1987年春,徐闻县大旱,水库干涸,塘井枯竭,田畴龟裂,溪渠断流,人畜缺水……

你从北京回来,三弟便拉着你去看那银墩。满目是草,木麻黄哪去了?芒果哪去了?你拨开草一看,天啊,木麻黄树叶一片片干了,芒果树叶一片片枯萎了。这给你当头一棒!

这时,参观的队伍来了,人们看到的是草不是木。于是嚷开了。"悲剧悲剧,说徐闻不能种芒果偏不信,劳民伤财,悲剧悲剧。"周围的村民也指点道:"回你城南乡开你的车去,来这里种什么芒果,有钱扔到水里都有响声,投到这里没用。"一千多亩木麻黄,死了百分之六十,六千株芒果死了两千多株。你的脸黑着,心也冰凉着。三弟把牙咬得直响,猛地拔起一束草扔掉,说:"谋哥,这活不是人干的,倒不如回去开车痛快。"

三弟走了,你觉得身上好像掉了一部分,可你不认命。死了就补种,怕个啥。你买了辆拖拉机,亲自锄草。你发觉果苗叶虽干了,但枝条还青着,就四处奔跑请教,人家告诉你,枝条青说明果苗还活着,你高兴得把嘴上的烟扔了。

死去的种苗全补种了,但天还是不下雨。一桶水倒下去,哧哧几声,树头只留下一小圈淡淡的痕迹。这作孽的天!

两个弟弟也熬不下去了,说:"这样干,也不知猴年马月才收获,还是回去开车好。"就这样,两个弟弟先后都走了。

就剩下你一个人撑着这局面。你在果园边呆呆坐着,回想当初四兄弟喝鸡血酒时的诺言。妻子来叫你吃饭,你望着她,鼻子直发酸,都说英雄流血不流泪,可这血跟泪又有什么两样!不愿意回家,还有什么脸皮回家!只有一个选择,继续干下去!

你一直不说话,成天带着那二十多个农场工人挑水浇苗,脸不洗,也不洗澡,裤子被划破了也不知道,直到煮饭的姑娘掩嘴大笑,才醒悟。

诚动于天,终于下了一阵雨。可这时的你已身无分文,大米也是跟人家借的,更不用说给工人发工资了。真真正正的"弹尽粮绝"!

这时县委书记朱华生来了,带来了肥料和资金。你握着朱书记的手,紧紧握着。

往后,省、市种子公司,市、县农委、芒果开发公司都给予你技术、资金上的帮助。你的心更踏实了。有个台湾商人出大价钱和几辆汽车想买下你这个试验场,你果断地摇摇头。到了这个时候,还想前功尽弃吗?

天道酬勤。1988年,"银墩芒果试验场"第一次收果时只有十棵树结果;第二年却收果两千多公斤,收入一万多元;第三年达三千多公斤,收入达二十多万元。

桃李无言,下自成蹊。省委书记林若、谢非来了,市委书记王冶来了,县委书记苏凤娟、县长叶振成来了,你感到一阵的轻松和满足。各地参观的人们都说,李大谋做了件大好事。你心里直甜着,眼眶里第一次闪烁着喜悦的泪花。

当市委书记王冶宣布拨款六十万元,在你的芒果场周围开辟大面积芒果园时,你简直按捺不住,喜形于色。那天,你在看着,在记录着,十六辆推土机轰隆隆铲着荒坡,芒果的种植面积一下扩大到四千多亩。

你第一次领略到人改造自然的创造力。

三

儿时的梦圆了,你却又羡慕起老师的职业。老师多好啊,不仅能教授人知识，而且还能影响一大批人的成长，甚至影响大批人的一生。一个人不能影响一批人的人生走向，总是一大缺憾。

你耳边又响起王冶书记的叮嘱，要做庭院种芒果的示范者。于是，你回到城南乡灵山宫村，回到自己的家，挥起斧头，噼里啪啦，把庭院中没有发展前途的十五棵木菠萝树、二十棵苦楝树全部砍掉，然后种上八十株芒果。

这一举动，震动全村。村民们不解，议论纷纷，责问你为何如此。你轻轻一笑，组织村民们去参观你的芒果试验场。

随风潜入夜，润物细无声。

看过你的芒果的村民，再也没有对种芒果犹豫过。他们感叹不已。"哈，李大谋这家伙，真行。""看来种芒果，是一条发财门路。"

灵山宫村人从来没有对一种种植业热心过，如今却汇成一条希望之河，沿着一个人开辟的河道奔驰着。村民李尾把屋前屋后的空地全铲平，种下两亩多芒果。全村九十八户人家，有百分之九十种了芒果，面积达四十四亩，两千两百株，成了全县独一无二的芒果村。

你不相信自己有这种魅力，能影响全村人朝着芒果种植业走去。可这又确确实实。你终于认识了你自己。

1991年的夏熟时节，你的"银墩芒果试验场"迎来了无数来客。那一串串挂满枝梢的果实，把枝梢压得弯弯，垂到地面；那2号树的果实像条小冬瓜，一个足有一公斤重；那九号红象牙芒更是迷人，个头比拳头还大，果皮青里透红，如红象牙似的；果大、味甜、核小、肉质香、纤维少，凡此种种，构成一幅李大谋特色的"芒果园"，一幅流香溢蜜的"芒果图"。

你感谢那一千多亩的木麻黄绿色屏障,挡住了第11号强台风的袭击,使你的七百亩芒果收成达二十多万元。

你感谢党和政府在你困难之时"雪中送炭"。

当健壮的叶振成县长听说你的芒果树一棵树挂果一百多个、一百五十多公斤时,禁不住喜悦,轻轻托起一串果儿,乐呵呵地说:"看到这样的果儿,我可开心了。"你此时是何等的激动。当叶县长握着你的手说:"我们要让全县的坡坡岭岭都变成绿色的银墩。"你此时又是何等的鼓舞。

李大谋,你好样的。可你却说,我们不仅要有一个值得回忆的过去,更重要的是要有一个值得展望的未来。生活总需要不断改变角色,生命才会不断地新鲜。

——原载于《红土绿浪》(何文里主编,科学普及出版社1992年版)

妻子面前无"大男子汉式自尊"

平和的婚姻生活,就像是一泓静水,一点也没有新鲜和欢跃的感觉。但是,如果在二人世界里的你对妻子的举动过于较真或缺少大度的话,那也同样乏味。

邻家有对年轻夫妇,男的对人非常严肃,丝毫没有开玩笑的成分,女的总顺着他。有一次他出差回来,拿出一条漂亮的裙子给妻子,叫她猜多少钱。妻子认为机会到了,就开玩笑地说:"这是小孩子的衣服,值不了多少钱。"谁知他一听便生气了,把裙子丢在地上。她吓得哭了,哭得好可怜。他这时有所怜悯,便去哄她。但她又说:"不要理我,不要理我。"这下他真的走出小屋。

婚姻关系中,我们不能只关注自己的需求是否得到了满足,而应该主动去关注配偶的需求。这位年轻的丈夫就不大理解妻子的心理。妻子需要的不过是安全感和丈夫的爱,希望丈夫把她看作是妻子。为了达到这个目的,她可能通过挑逗、刺激、唠叨、争斗或挑衅来获得这种安全感,或感觉到受重视。当然,这也是一种不自觉的行为。她不过是想证实自己是否被爱，更想证实丈夫是否强大、是否可以依赖。她叫他不要理睬或者走开，其实这是一种渴求爱抚的信号，并没有什么恶意。假如你出于男子汉的自尊，不理会这一信号，久而久之家庭成员间的裂痕将会涨大。

男子汉们，你们也这么认为吗？

——原载于《广州日报》1992年12月9日

跨 越

最后那辆载土车，消失在卷起的红尘中。

热热闹闹的工地，顿时静了下来。空空荡荡、平平整整的新土上，留下清晰的车辙。两个月前还是标高十八米的高土岭，永远从深圳的版图上抹掉了。

作为这次"愚公移山"行动决策者的张宗宏，背着手在偌大的工地上来回巡视了一番。这个来自祖国大陆最南端的汉子，当初决意打破供销社只蹲店门的惯例，组建一支土石方工程队到深圳寻求事业的突破口时，实在没有想到结果是这么的漂亮。

四个月端了两座高岭，收入达六百多万元，比坐店经营收入高十倍乃至数十倍，这在徐闻县供销社史上，尚无前例。张宗宏似乎挺喜欢出其不意。在他看来，只蹲在柜台里面，永远就是这个穷样；得走出店门，跨越自我。

张宗宏实在是穷怕了。今年年初，他上任徐闻县供销联社主任。看到账面显示去年亏损一百七十多万元，张宗宏顿时傻了眼；驱车到十个基层供销社跑了一趟，心里好凄切。店面破旧不堪，职工满脸愁云。自家门前人稀车少，个体零售却处处开花，谁看谁都有气。

老供销张宗宏心里好焦虑。"张主任，我们为什么不能出去闯闯？"一位职工的话刺激着他。是啊，外面的世界那么精彩，我们何不潇洒走一回？说干就干，他悄悄到深圳摸情况。他感到徐闻人均收入不高，购买力微弱，单在零售这方面绣花，成不了锦，得换一种活法。当他端出这一想法时，整个领导班子活跃了。供销社历来是坐店经营，搞其他，没有先例。张宗宏说，没有先例，我们可以创造嘛。

其实，事物都是在不断突破和跨越中发展的。张宗宏知道，小平同志南巡之后，许多大动作将会在全国铺开，建设热潮将席卷而来。谁走得快，谁就有好世界。他一面密令下属公司迅速组织好水泥、钢材等货源，一面加紧组建土石方工程队到深圳去。这样，深圳特区的建设者中，就出现了徐闻供销社由三十部钢铁巨人组成的机械部队。

外面的队伍安顿了，家里的老巢怎么办？张宗宏又陷入了寻思。沿海的和安供销社主任苏文和陈乔鹏来找他，提出投资养虾，他顿时来神了。对呀，海，我们可不能守着元宝当石头。人家企业家开始从单纯生产型向生产经营型转变，我们何不从单纯经营型向经营生产型转变呢！

和安港，滩涂被耕海者划成田字形的方块。这里的人们许多是靠养虾致富的。可养虾风险大，徐闻有民谣，万亩虾池万亩祸，万亩虾池水清清。因此，当张宗宏决意养虾的消息传开，反对者众。张宗宏心里明白，养虾没有技术和管理万万不行，倘若一阵台风来，就泥菩萨过河了。张宗宏不得不慎重，但他不是那种缩手缩脚的人。他知道，干什么买卖都会有人亏本，有人赚钱。

然而，虾的确是娇生惯养的东西。早期投放的一号虾池，结果亏了四万元。"供销社拿钱投到海水里。"和安供销社的压力很大。张宗宏知道后，马上给他们支持鼓励，并坚决支持投放二号虾池。因为张宗宏了解自己的下属，失败往往是成功的前奏。

苏文吸取一号池的教训，加强管理，在清污、排水、消毒、防病等方面下功夫，陈乔鹏日夜住在虾池边，心全在虾池上。六十八天过去了，又到了收获的日子。这一回，他们不但收获了三十七万五千元的利润，也收获了苦尽甘来的喜悦。

张宗宏又把眼光投向四面环海的新寮供销社。张宗宏发现，新寮养泥蚶螺的人很多，连中小学校都养。据说这种螺营养价值高，药用价值更大，有二十六种人体所需要的氨基酸。美国、东南亚各国大量需要。每逢成品螺成熟时，福建、海南、汕头、阳江等地的商人都涌来大量收购。

说干就干。没有资金收购螺苗，张宗宏拍板先拨出五万元，全社现已投资十万元，放养中螺和小螺。供销社的同志说，光养螺一项，两年工夫就能静赚六十六万元。

张宗宏笑了。他不满足干这些，他又在策划更大的动作。

——原载于《南方日报》1992年12月26日

要大力增强港口意识

湛江未来经济舞台的主角是什么？毫无疑义，是港口。市委提出"大港口、大工业、大发展"的思路，港口就放在首要的位置。

其实，从全球经济来看，大都是港口的形成促进了经济的腾飞。"一战"后的英国伦敦，"二战"后的荷兰鹿特丹、法国的马赛，近二十年来日本的横滨、中国台湾的基隆这些城市的迅速崛起，港口在其中充当了主要角色。

从国内的情况来看，惠州之所以让外商青睐，其最大的优势无非是有个建设中的惠州港。珠海要在未来经济中发挥作用，还要依赖正在建设中的高栏港，深圳也加紧建设盐田港，就连广西，也把突破口放在北部湾的防城、钦州、北海等港口群体。港口在经济大合唱中，一直是主旋律，而上述地区如此重视港口的开发，就因为他们有港口意识。

而我们湛江，天赐一个天然深水良港，水深达到世界少见的四十米，深水岸线可发展为年吞吐量十亿吨的大港口。据专家认为，建造世界一流港口最关键的一个条件,就是要具备通行三十万吨级货轮和五十万吨级油轮的水深条件。在华南沿海的港口,除了湛江港,还无一个港口的水深条件符合世界一流港口的条件。因此,有人建议,造第二个"香港"应放在湛江。可惜,这么一个天然良港竟一直"养在深闺人未识"。

不久前,《湛江日报》在显著位置报道了湛江港,并呼吁发挥港口作用。这是一个好的趋势。然而,单是呼吁一下还是不够的,得大力宣扬港口意义,特别是在领导干部中增强港口意识。什么时候我们的港口意识树立了,湛江经济腾飞的日子就不远了。

——原载于《湛江日报》1993年1月30日

第三辑
21世纪的早晨

2011·徐闻教育值得记忆的那些事儿

繁忙而不安分的2011年走了。在这繁忙而不安分的年头，我们的教育人明显感到新鲜、清新、强劲的改革之风，虽然不同利益阶层的人自然也有不同的感知和想法，或迷惘，或徘徊，或观望，或欣喜，或惊讶，或兴奋，或不满，或嘲笑，或诅咒，2011年还是微笑着坚挺走过去了。回首2011，我们感到压力好大，好累，好辛苦。毕竟我们是在用一年多的时间来整理那么多年历史遗留下来的问题。但我们也感到有所欣慰，欣慰的是，毕竟历史蒙在教育脸上的尘埃正一点点被抖落。再回头盘点这一年，甚至追溯到2010年的9月，有些事儿是值得记忆的。

1. 我县通过广东省普及高中阶段教育的验收。这是自1996年我县实现九年制义务教育以来的又一个里程碑事件，也是我县教育史上的新篇章。值得记忆。

2. 徐闻中学通过了广东省国家级示范性高中的验收。我县终于有了一所国家级示范高中，结束了我县多年来没有国家级示范高中的历史，圆了几代教育人的教育梦。这也是我县教育史上的标志性事件，值得记忆。

3. 实验中学招生开学。实验中学的建成使用，为我县的高中教育增加了六千个优质学位。建立一所新高中，这是1993年以来四届党委政府不断努力去实现的愿望，今天终于得到了实现。这事儿，值得记忆。

4. 我县获得广东省教育收费规范县称号。这个由省政府纠风办、省教育厅、省监察厅、省财政厅、省审计厅、省物价局联合颁发的荣誉，凝结了我县在规范教育收费行为方面所付出的心血。值得记忆。

5. 两千多名老教师获得终生教育荣誉。县委县政府在教师节，第一次表彰了三十年、四十年教龄的优秀教师代表。为全县两千多名有三十年四十年教龄的教师颁发终生教育荣誉证书和纪念徽章，认可和表彰他们从事教育工作所付出的努力。这是我县党委政府自共和国诞生以来第一次给三四十年教龄的教师颁发的荣誉，也是我县教育史上的新鲜事儿，值得记忆。

6. 高考取得历史最好成绩。2011年，全县高考上国本109人，首次突破百人大关，省本1331人，增长14.3%，专科上线人数3089人，比去年增加116人，上线率达80.7%，取得历史的最好成绩。在全县虽然不是数量最多的，但却是增幅最大的。同时，一中、二中、职中、迈中、曲中同年都有上省本以上的学生，这事儿在近几年来我县的高考史上还是第一次，值得记忆。

7. 举行万人评校长活动。县人大联合县委组织部、县纪委对全县四十八所中小学校长进行测评活动，历时半年，各乡镇、各阶层有上万人次参与这次活动。史称万人评校长。此后，各中小学加速开放进程，加大群众监督的力度。这事儿，值得记忆。

8. 奖教奖学助学之花开遍全县。县政协组建了高考奖学基金会，筹集了三百万，在县文化广场举行隆重奖学晚会，奖励当年考上国家排名前十名大学的学生，轰动一时，影响深远，成为美谈。此后，各乡镇各村委会甚至自然村都纷纷仿效，成立各种形式的奖教奖学助学机构，开展各种各样的奖励活动，形成一种风气。这事儿，值得记忆。

9. 撤并了曲界中学和迈陈中学的高中部。实现了"高中集中县城办学"的布局调整目标，在全市是第一个，值得记忆。

10. 试行"扩权强校"体制的探索。把招生权、教师招聘权、学校内部机构设置权、中层干部任免权、财务使用权等下放学校，扩大学校办学自主权。真正落实校长负责制，确立现代学校法人制度，推动教育部门从"管理型"向"服务型"转变。这个忍痛割爱的大胆探索，无论成功与否，都值得记忆。

11. 四十五名校长上清华大学接受"头脑风暴"。县委县政府舍得投入，选送全县中小学校长到清华大学去学习提高办学理念的智慧，在全市还是第一个。据清华大学继续教育学院的领导介绍，县级中小学校长都能来培训，徐闻在清华是第一家。此后还把培训的结晶编印题为《学校定位的思考——2011年中小学校长论文集》出版。这事儿，也值得记忆。

12. 中小学校长开始被问责。作为校长负责制的补充形式，我们试行出台《徐闻县中小学校长问责制度》，对无作为的校长进行问责，共问责十一名校长，其中一名免职、三名辞职、七名诫勉谈话。问责制的试行，得到全国五十多家主流网络媒体的热捧，轰动一时。这种创新思维，值得记忆。

13. 设立纪检监督员。在全县中小学设立纪检监督员，随时监督、纠正学校不良行为。这种监督下移的网络式管理，在全省是第一次尝试，得到各级纪委部门的认可。这创意，值得记忆。

14. 校长任前答辩。以五里中学为试点展开的校长任前答辩探索，受益匪浅，这种把学术答辩形式引进行政管理的探索，也值得记忆。

15. 严格城区教师准入制度。对进入城区学校的教师采取逢进必考的方式，回应了社会的关注，让公平的阳光照耀在每个老师身上，让许许多多的老师看到了希望。这事儿，值得记忆。

16. 严格中招体育考试。扭转了多年来的不良风气，回应了百姓的期待，让人们感到教育公正的存在。这事儿，值得记忆。

17. 感恩风暴席卷校园。由中国感恩励志教育讲师团组织的"感恩我们在行动"在全县中小学进行巡回演讲。一时间，"爸爸妈妈我爱你"，"老师，你辛苦了"，一声声饱含深情的呐喊回荡在校园上空，一行行热泪流淌在十多万学生、家长、老师的脸上，让他们的眼泪在飞。这事儿，值得记忆。

18. 开展教研大交流活动。把全县学校按地域分为东西中三个片区，先片区后跨区，由各专业教研学会确定主题进行的教研大交流活动，增加了各校之间来往交流，推动三四千教师卷入教研主体，引导他们的关注点集中在教研上。这事儿，值得记忆。

19. 两千多教师才艺大展示。通过开展男教工篮球赛、女教师才艺展示、书画摄影比赛、教师校外拓展训练等活动，用文化的元素来把老师们的共同兴奋点点燃，让他们有个实现自我价值的平台，并用这个平台去化解老师们和校长们日益增长的敌对情绪，舒缓教学的心理压力，让他们感到校长并不是那么坏，校园还有点可爱，稳定这个团体。这事儿，值得记忆。

20. 梅溪中学学生被枪击事件。梅溪中学一男学生在校门口对面的小摊位吃夜宵时，遭到一持枪歹徒枪击死亡。消息传出，轰动一时，影响甚广。这教训，值得记取。

21. 新寮中学德育现场会。新寮中学的"常规+责任、爱心+服务"双加型德育模式，使各学校大呼意外，十多年没有这么大规模的现场会了，世界变化太大了，农村边远地区的管理工作锋芒直逼城区，兵临城下了，快把城区的逼出城了，不进则退。哈哈，这事儿，值得记忆。

22. 十万学生体操大比拼。全县中小学生广播体操比赛，有十多万学生参与，规范了全县中小学的广播体操模式，结束了一些学校没有广播体操的历史。且五千多名学生从四面八方汇集县体育中心，比拼体操，规模之大，人数之多，艺术之美，史无前例。这事儿，值得记忆！

23. 教育信息网显身手。建立健全全县各学校通讯员队伍，全新改版徐闻县教育信息网，网站栏目丰富多彩。公开全县的教育新闻，报道全县教育及各学校的动态，搭建各中小学教育教学管理工作比赛的平台。开设局长信箱，及时为家长和学生解决各种难题。选登教师的优秀论文、教案及教育随笔，刊登学生的文学、美术、摄影等作品，为师生提供一个展示的平台。网站成为展示徐闻教育的重要窗口，是湛江地区办得较好的教育网站。这事儿，值得记忆！

24. 关工委出奇兵。县关工委调兵遣将，组织一批老领导、老专家、老教师组成宣讲团，奔赴全县学校，通过讲座、座谈等形式对学生进行法制、生命、感恩教育，如一碗碗心灵的鸡汤，温暖着同学们的心；如一个个旅途的路标，指引着同学们人生的方向。如此有计划、有人马、有主题、有效果的行动，在全县还是第一次，值得记忆！

25. 整治校车铁手腕。徐闻县多次召开校车管理工作会议，出台《徐闻县校车交通管理暂行办法》，并联合交警、交通、安监等部门，对全县乡镇（街道办）校车进行检查整治，对违规接送学生车辆采取查封处理，查处三十一辆无牌无证校车。如此大规模、铁手腕整治校车在徐闻历史上是第一次，值得记忆！

2011年的教育新政，让许许多多的事儿现身舞台，各种新思维大显身手，有笑声、有愁云、有汗水、有收获。这里随手拣桩，回味回味。

——原载于：《我们的故事——2011—2012年教育那些事》（朱堪智，中国戏剧出版社2013年版）

体育是成长是笑声

各位校长、老师们,亲爱的同学们:

上午好!

等待已久的美丽,终于来了!

今天,在鲜艳的国旗下,在漂亮的运动场上,同学们给我们带来了阳光,带来了健康,带来了运动,带来了快乐!

为了今天,不知占用了同学们多少的课余时间;为了今天,我们的校长、老师不知付出了多少汗水和艰辛。

今天,就在今天,时代开始召唤了,雏鹰就要起飞了!

同学们,有人说你们是温室里的花朵,有人说你们弱不禁风,有人说你们只是校园里的书呆子,同学们,你们说,他们说得对不对?(同学们回答:不对!)

那么,你们就用你们的美丽,你们的风采,你们的力量,你们的体操去告诉他们:我们的校园,不但有琅琅的读书声、响亮的歌声,还有运动场上的吼声,更有开心的笑声。

同学们，有人说，有没有体育都没关系。同学们，你们说，他们说得对不对？（同学们回答：不对！）

所以，今天你们就用体操来告诉他们，雄鹰的姿势是飞翔的，蝴蝶的姿势是轻扬的，花儿的姿态是优雅的，人的姿势是成长的。

那么，体育是什么呢？体育就是雄鹰，体育就是蝴蝶，体育就是花儿，体育就是成长，体育就是笑声！

爱体育吧，同学们！它会给你带来健康的笑声。

爱体育吧，同学们！它会给你幸福的力量。

爱体育吧，同学们！它会把你的学习推向更高的一层楼！

爱体育就从今天的广播体操开始！

最后，同学们，我有一个小小要求，等下我喊"我阳光我健康我运动我快乐"的时候，我喊一句，你们跟着喊一句好吗？（同学们回答：好！）那好，一、二、三，开始："我阳光！"（同学们高呼：我阳光！）"我健康！"（同学们高呼：我健康！）"我运动！"（同学们高呼：我运动！）"我快乐！"（同学们高呼：我快乐！）

谢谢！

——2011年12月29日在徐闻县中小学广播体操大赛开幕式上的致辞

让我们从春天出发吧

春蕾小学的黄静校长再三叮嘱，要我为春蕾文学社的小刊物《春蕾绽放》写几句话。于是我就拿起那本小册子细读起来。读着读着，不知不觉地走进了《春蕾绽放》的世界。呀，我看见，成片成片的小花儿，千姿百态，正冲着太阳微笑；一阵清风吹来，小花儿不断闪烁着，就像花的海洋，更像孩子们在广播体操比赛演出时的美姿。这时候，我真愿意变成一只蝴蝶，在这清香醉人的花园里翩翩飞舞，到小花儿丛中去寻找安徒生、格林，去寻找白雪公主和小矮人，去寻找哆啦A梦，去寻找雷锋叔叔，去寻找喜羊羊和灰太狼……

春蕾含苞欲放，春蕾粲然绽放，春蕾文学社孩子们的文字温暖着我。因为每一个孩子的心中，都涌动着对生命温暖的爱，对生活真挚的爱，对未来炽热的爱。正因为这份爱，春蕾花园才花开潋滟，馨香怡人。

当然，在成长的路上，孩子们还在蹒跚学步。但未来的世界，必定是孩子们的世界。

孩子们，让我们从春天出发吧。我们把一片欣喜与憧憬，都寄托在书香里。即使岁月流逝匆匆，我们仍然在文学的花园里一同呼吸，一同期待，一同欣赏春蕾的绽放，一同聆听花开的声音。

孩子们，让我们从春天出发吧。请打开心扉，将思绪流向笔尖，在洁白的纸上与文字对话，没有什么能够阻拦你的向往。文学会让走向花季的你，学会尊重和珍惜生命，学会关注生活，学会感受身边的热烈和平淡。我们需要把这一切化为文字，在笔下蕴蓄阳光，让生活少些冷漠，并以诗意作为支点，让生命更加自由飞扬。

孩子们，出发！

——原载于《春蕾绽放》（春蕾小学）2012年6月8日卷首语

留下你的精神财富

教师的教育教学实践，其实就是一笔精神财富积累的过程。许多教师拥有独特的教育教学艺术风格，但由于没有及时记录下来，或没有深入思考提升，因而就随着生命的消逝而消失。记录下你的教育教学实践，或对教育教学实践过程中问题的剖析，或对教研前景的思考和瞻望，都是为后人留下的一笔宝贵的精神财富。撰写论文，记录实践，并不是工作计划，也不是工作流水账，而是通过实践、探索、思考、总结等方式，将教育教学方式上升到理念，上升到艺术境界。我们需要一大批的教书匠，但我们更需要一大批比教书匠更高层次的教育教学工作者。因而防止精神财富流失，保存独特风格老师的教育教学艺术，是我们教育管理者应尽的责任。县教育学会、县教育局教研室每年都致力于这项工作，每年编印有关的论文集，就是一项功在千秋的工作，值得赞赏。

近几年来，为适应教育改革大潮，我县出台了一系列教研教改工作计划，努力促进教育教学质量提高。全县各中小学校积极实施各项教研教改工作方案，精心组织教师开展片区教学交流、教学技能大比武、同课异构、课题研究、评选优秀教育教学论文等教研活动，促进教师专业成长。校长普遍增强了对教研教改工作的管理意识，经常深入到课堂教学第一线，分析教学动态，关注教师教学中的困惑，帮助他们排忧解难。广大教师踊跃参与教研教改，学习新课程理念、掌握现代教育技术的热潮正在悄然兴起。很多教师在课堂上正在由教学的主宰者、操作者转变为引导者、激发者，大大提高了课堂教学效率。我们欣喜地看到，教研教改不仅使学生得到了更好、更全面的进步，而且也使我们的教师得到更好的发展。很多教师，特别是一批年轻教师脱颖而出，正成为教学的骨干。

一分耕耘，一分收获。2013年1月，县教育学会、教育局教研室又把《徐闻县2012年教师优秀教育教学论文集》呈现在我们的眼前。这是广大教师辛勤教育、潜心研究的又一丰硕的成果。这本论文集是从四百六十八篇论文中精选出的论文精粹，共收录了三十九篇论文，内容涉及班主任工作、学科教学见解、课堂教学艺术、学生心理健康教育、师德师风建设等。这些论文观点鲜明、素材鲜活、论证充分、启发性强，凝聚了教师的认真与执着，闪耀着教师的睿智与灵性，在一定程度上体现了老师们较高的教研水平和热爱教育事业、锐意开拓进取的精神面貌。

苏联著名教育家苏霍姆林斯基说："如果你想让老师的劳动能够给老师带来乐趣，使天天上课不至于变成一种单调乏味的义务，那你就应当引导每一位教师走上从事研究这条幸福的道路上来。"实践证明，促进教师专业发展,让教书育人成为一项快乐的工作,离不开教师对教育教学工作进行总结与反思,更离不开对理论的升华,撰写论文。我衷心地期望老师们在更广的领域、更深层面积极开展教育教学研究和实践,笔耕不辍,撰写出更多优秀论文。

我希望广大教师继续投身于教育教学改革大潮中,大胆探索教育教学的新途径、新方法、新手段,大力推进教研教改活动的深入开展,为全县教育教学质量的提高而努力。

2013年3月6日

——原载于《教坛耕耘录——徐闻县2012年教师优秀教育教学论文集》(徐闻县教育绘编)

让课堂在安心自由开放中经营

什么样的课堂最精彩，什么样的老师最神奇，什么样的试题最迷人……

在分数和升学率统治着我们学校的今天，任何不为应试教育服务的教育是根本无法立足的。尽管我们也咬紧牙关坚守着素质教育的阵地，但应试教育却拥有成万上亿个粉丝，无垠的市场前景，像幽灵一样黏着你，让你刮不掉甩不开。因而我觉得，与其刀枪相见，不如与狼共舞，也许应试教育还是素质教育的初级阶段呢。所以我们不要老是把分数和升学率作为素质教育的敌人来看待，而是应该视同与素质教育一起成为教育的共同体，把它做大做强做到极致，壮大和拓展素质教育之路。

无论是应试教育还是素质教育，有一个载体谁也离不了，那就是课堂。什么样的课堂教学最有效、最高效，一直争论不休探索不止。20世纪50年代主张教师满堂灌，60年代强调精讲多练，70年代倡导自学辅导，80年代突出学生为主体，90年代重申学生自主学习。21世纪更是百花齐放，百家争鸣，眼花缭乱，无从定论。县教育局从提高教学质量出发，第一次提出课堂教学改革是为了延长老师和学生生命的"贵生说"，并结合课堂教学改革提出了贵生课堂的概念，且作为教研课题去探索，意义非同寻常。四百多年前，明朝戏剧家汤显祖在徐闻创办贵生书院的初衷是为了教育民众珍惜生命，重视读书人。如今贵生课堂也如出一辙，一脉相承。传承传统文化精神，科学使用课堂上的时间，既提高教学质量，也减少老师和学生的身体损耗，延长师生的生命，这种贵生课堂不敢说是高效的，但至少是适合的有效的。为此他们执着为老师们编印了这本册子，让老师们更加明白专业发展的方向。先前教研团队和局办公室也编辑过课堂教学参考资料推荐给校长，但遗憾的是，被校长们打入冷宫，老师无从知道。估计是担心校长们再次抛入蚊帐肚或丢弃角落，这次重新整理编修发至每个老师，就是让我们老师明白，我们老师不是蜡烛，不是为了学生的一切就可以燃尽自己的生命，恰恰相反，而是在为了学生的一切焕发青春，为了学生，也为了自己，这叫师生青春相长。佛问一个在夜里点着灯行走的盲人，你看不见路，干吗还要点着灯呀？盲人说，这么黑的夜，有一盏灯就可以让其他夜行人感到温暖，看清前行的路。佛说，慈悲为怀，善者也。盲人说，其实我点灯也是为自己，我怕夜行人看不清路把我撞倒啊！佛说，阿弥陀佛，大智也。盲人点灯，既为别人也为自己，双赢才是赢。这也许就是贵生课堂的要义所在吧。课堂一分钟，课前三年功。一天下来，不少于五位老师轮番上阵知识轰炸，学子那块园区哪里承受得了那么多种学科炸弹！当然也无法鲜花满园树木成林，只好在课外继续吸收消化。这么一来，就有相当部分的老师长期处于亚健康状态，长期受病魔困扰，甚至有的英年早逝，离开心爱的课堂。医生说，最容易得咽喉癌、子宫癌和肠癌的人群是老师；有人还开玩笑说，世上最容易加速变老的职业是老师。在这种分数和升学率不断加压的环境里，别说是老师，单是学生，也不少是眼镜哥和眼镜妹了。因此，寻找师生青春相长、分数和升学率齐飞的课堂，也就成了我们追求的梦想。我们不要求每个老师都成为名师，但至少不能误人子弟，这是最底线的善良。这本册子就像一盏心灯，如果能给一部分老师烛照前进的路，那就算是功德圆满了。

说了那么多，可这本书里收集的教学模式和教学办法很多，究竟哪个最好？别急，我们来听听老先生是怎样说的。

第一回合：有三个小伙子去向一女子家提亲。女方的妈妈问道，你们都有什么优势条件，说来听听。A男说，我有一千万。B男说，我有一幢豪华别墅，价值有两千万。女方妈妈兴奋不已，问C男，你呢？C男说，我什么也没有，只有一个儿子在你女儿的肚子里。女方妈妈听后惊愕不已，A男和B男听后也无语地走了。

老先生说，这个八卦的笑话给我们传递的信息是，无论什么事情，核心竞争力不是钱和房子，而是关键的岗位有自己的人。人，才是关键。回到我们教育的层面上看，那些神一样的学校为什么这么神？那些高考流水线和梦工厂中学是怎样炼成的？揭开他们那些神秘的面纱就会看到，他们的"炼炉"就是课堂，"炼法"就是教学模式，而更重要的是，他们拥有神一样的老师。老师才是学校生存和发展的关键人才,才是教育崛起的核心力量。老师强,学校才强;学校强,教育才强。因此,只有敬畏老师、尊重老师的教学创造,让他们有尊严地开展教学活动,给他们创造安心的教学环境,他们才会用智慧去守护着希望。

第二个回合:一个妇人出门看到三位白须飘然的老者坐在她家前院。妇人与他们素不相识,她上前同他们打招呼:"我虽不认识你们,想必你们饿了,进屋吃点东西吧?"

"你们家男主人在吗?"老人们问。

"他出去了。"

"他不在,我们就不进去了。"老人们回答。

晚上,丈夫回家了,妇人把遇到的事告诉了他。"快去告诉他们我回来了,请他们进来!"于是妇人出去邀请老人们进屋。

"我们不能一同进屋。"老人们说。

"那是为什么?"妇人感到疑惑。

一个老人指着一个同伴说:"他名叫财富。"指着另一个同伴说:"他叫成功。我是爱。"

他接着说:"你现在进去和你丈夫商量,看你们家需要我们中哪一个?"

妇人把老人的话告诉丈夫。丈夫十分惊喜,说:"既然如此,我们邀请财富老人吧,让他进来,把我们的房子装满财富!"妻子不同意,说:"亲爱的,为什么不邀请成功呢?"儿媳插嘴说:"邀请爱进来不是更好吗?我们家将会充满爱。""那我们就听儿媳的吧!"丈夫对妻子说。

妇人出门问三个老人:"你们之中哪位是爱?请进来做客!"爱老人起身朝房子里走去,另外两位也跟在后面。

妇人感到惊讶,问财富与成功:"我邀请的是爱,你们两位怎么也跟进来?"

老人们一同回答说:"哪里有爱,哪里就有财富与成功!"

老先生说,第一个故事说的是,人是核心竞争力。这是基础。第二个故事更深入一层,光有单纯的人是不行的,只有有爱心的人,才会获得财富和成功。复制到我们学校的层面来看,我们必须承认,古今中外,老师都不属于高收入群体。这种现象,本身就隐喻了老师职业的某种特性。教育也许是世界上最复杂的工作:人性的深邃,成长的漫长,过程的琐碎。尤其是急功近利的今天,更加需要老师的内心力量。只有老师的心安定下来,安静下来,然后慢慢长大,慢慢结实,才能提升自己生命的质量,才更有力量托起学生的生命。就像贵生课堂的核心那样,课堂教学改革的另一个功能,就是减少老师的身体损耗,减少学生的青春消耗。有爱才有财富和成功,同理,只有老师的内心深处得到安宁,才有课堂教学办法的积累,才有教学质量的提升。因此,课堂教学效率的高低,取决于老师的安心,安心才能乐业。

第三回合:有一个女孩,没考上大学,便留在本村的小学教书。由于讲不清数学题,不到一周她就被学生轰下了台。母亲为她擦了擦眼泪,安慰说,满肚子的东西,有人倒得出来,有人倒不出来,没必要为这个伤心,也许有更适合你的事情等着你去做。

后来，她外出打工，又被老板轰了回来，因为动作太慢。母亲对女儿说，手脚总是有快有慢，别人已经干很多年了，而你一直在念书，怎么快得了？

女儿又干过很多工作，但无一例外，都半途而废。然而，每次女儿沮丧地回来时，母亲总安慰她，从没有抱怨。

三十岁时，女儿凭着一点语言天赋，做了聋哑学校的辅导员。后来，她又开办了一家残障学校。再后来，她在许多城市开办了残障人用品连锁店，成了一个拥有几千万资产的老板。

有一天，功成名就的女儿问已经年迈的母亲，自己都觉得前途渺茫的时候，是什么原因让母亲对她那么有信心呢？

母亲的回答朴素而简单。她说，一块地，不适合种麦子，可以试试种豆子；豆子也长不好的话，可以种瓜果；如果瓜果也不济的话，撒上一些荞麦种子一定能够开花。因为一块地，总有一粒种子适合它，也终会有属于它的一片收成。

听完母亲的话，女儿落泪了！

老先生说，世界上没有一个人是废物，只不过没有放对位置！你骑自行车，两脚使劲踩，一小时只能跑十公里左右；如果开汽车，一脚轻踏油门，一小时能跑一百公里；如果坐高铁，闭上眼睛一小时也能三百公里；如果乘飞机，吃着美味一小时能跑一千公里。你还是你，同样的努力，不一样的平台和载体，结果就不一样。回到学校的层面来看，没有一个老师会是废物，就看校长怎样使用，你让他抱着十公斤重的小孩，他不会觉得累；让他抱十公斤重的石头，他一定累坏了。你用对了位置，他可能星光灿烂；用不对位置，他可能明珠暗投。课堂教学模式也一样，有的是自行车，有的是摩托车，有的是小轿车，有的是高铁，有的是飞机。你选对了位置，效果就不一样。那么，如此之多的教学办法和模式究竟哪个好呢？教学模式没有好和不好之分，适合你的，就是好的。也就是说，不管黑猫白猫，抓住老鼠就是好猫。世界上没有一个教学模式复制就能生产了，观音菩萨在印度是男身，传入中国就变成女身了。菠萝在愚公楼种植成贡品，在灯楼角种植就不知成什么品了。所以，面对这么多的教学办法，给了我们自由选择的空间，我们不能简单地拿来主义，而是要选择适合自己或者根据自己的情况改进的教学办法。我们也不要畏惧这教学模式，我们要活在创新中。创新其实很简单，你在课堂教学中的一点点改变，或者对课堂教学有一点点灵感，或者把人家的整编一下，都是创新的开始。这本小册子里收集的东西，都是人家的创新产品，我们可以仿造，但不能照搬，也许你还有更好的方式，只是来不及总结。不论如何，我们对此是自由的，自由改编，自由选择，这样才会让我们更加自信。

  第四回合：一个木匠做得一手好门。他给自己家做了一扇门，他认为这门用料实在，做工精良，一定会经久耐用。

  过了一段时间，门的钉子锈了，掉下一块板，木匠找出一颗钉子补上，门又完好如初。不久又掉了一颗钉子，木匠就换上一颗钉子。后来，又有一块板坏了，木匠就又找出一块板换上。再后来，门闩坏了，木匠又换了一个门闩……

  若干年后，这扇门虽经无数次破损，但经过木匠的精心修理，仍坚固耐用。木匠对此甚是自豪：多亏有了这门手艺，不然门坏了还不知如何是好。

忽然有一天，邻居对他说："你是木匠，你看看我家这门！"木匠仔细一看，才发觉邻居家的门样式新颖、质地优良，而自己家的门又老又破，满是补丁。木匠明白了，是自己的这种门手艺阻碍了自家"门"的发展。

老先生说："学一门手艺很重要，但换一种思维更重要。"行业上的造诣是一笔财富，但同样也是一扇"门"，会关住自己。面对全新变化全新的世界，要有勇气、有决心打破关住自己的这扇"无形门"，及时反思和提升自己的"手艺"，这样才能更多看到外面美丽的风景。回到我们学校层面来说，也许好多老师认为，他们的老师也是这样过来的，当然自己也这样走下去，当一天和尚撞一天钟。也许有的老师在某个范围内也小有名气，因此感觉无所谓。可现实在变，课程变了，教材变了，教学手段也在变。你说那是山，学生就认识山，你说那是水，学生就认识水，这种单一传授知识的手段也在悄无声息地发生变化。在这大众传媒时代，学生可以从更多的渠道获取知识，甚至比老师还"先锋"，网络术语和语言流行让你无法设防，如果你只迷恋粉笔和黑板，而不努力占领网络使用高地，那你就不能保持师道尊严，那你就会哀叹世风日下，学校还是那个学校，学生却不是那群学生了。如果我们用自己打造的门关住自己，那么我们就会被边缘化，最后被舍弃。因此，我们除了加大老师校本研修之外，更加鼓励学校对老师进行拓展培训，让更多的老师见识多样的课堂教学模式，跟更多的不同学校的老师沟通，切磋教学功夫，以开放的眼界去观察教学变化，以开放的胸怀去容纳适用的教学模式。课堂教学是开放的，不能让我们的老师成为井底之蛙，必须走出去，才能看到天空原来是如此辽阔如此壮美。

  课堂教学的方式是多种多样的，这本书里所收集的各种教学模式，总会有一款是适合你的，如果不适合，你能有所创新，那就更好，那正是我们所期待的。老先生的故事也许牛头不对马嘴，但心有灵犀是一点通的。我们所塑造我们的课堂教学模式，或者课堂教学办法，不管是贵生课堂模式，还是什么办法，人才是关键，老师才是核心力量。我们的课堂最好能够在安心自由开放中经营，安心才能乐业，自由才会自信，开放才有眼界。

2013年9月12日
——原载于《课堂的翅膀》（徐闻县教育局编，内部资料）

校长应当是贵生课堂的推手

贵生课堂到了今天,已经是我们县中小学校挥之不去的现实了。你理,或者不理,他就在那里,不悲,不喜;你跟,你推动,他当然更欢喜。

贵生课堂无疑是徐闻县教育史上一次深层次的课改实践,也是一次观念与观念的相逢碰撞。其中,观念的痛苦挣扎到豁然开朗却是宝贵的精神财富。我们一大批校长和老师,挺身而出,乐在其中,做着我们的前人所不敢做的事。从王耀东、林炎到李大词、何国文、陈光概和郑小飞、简忠广,直到邓堪辉、陈季芳,更有把课改推上高潮的林日铭,这个校长团队当然是课改的开拓先锋。我们梅溪中学和实验小学、春蕾小学的老师、下桥中学的老师,还有许许多多学校记得或者记不得名字的老师,他们的名字和身影在课堂、在教育网上闪耀着。正是他们这个群体的冲锋陷阵,才有今天挥之不去的贵生课堂。

大浪淘沙,在这些光芒四射的群体中,我们怎么就看不到一些校长的影子。校长都去哪儿了?在这个时候,校长的角色应当是什么?

校长应当是贵生课堂的先行者

课改是教育界推行了十多年的教育改革，但到我们这里才是徐徐而闻。按照湛江市教育局课改十六字方针，结合我们的文化传统，我们适时推出的贵生课堂，既是课改徐闻化的集中体现，也是今年我县教育改革的重点突破口。改革是势不可当的潮流，改则进，不改则退，无从选择。任何守株待兔式的美丽幻想，都会让自己撞死在树上。因此，校长应当是课改的先行者，应当挖掘和集中老师们长期以来的课改智慧，从课改中求质量，从课改中求效益。

其实，广大教师一直战斗在课改的最前沿，不识课改真面目，只缘身在课改中。贵生课堂正是把老师们长期探索积累的、合适有效的教学经验进行筛选、综合归纳，形成教师专业发展的一个相对集中的常规教学方式。不然，教了几十年书，人家问你是怎样教书的，即使你满腹经纶，也可能说不出几个道道。

从校长、副校长到老师的贵生课堂大赛，各路英雄，本色尽现。校长们中，深厚的教学功底还在的还是不少，但临时抱佛脚的仍是大有人在。你之所以进入校长这个平台，正是因为你曾经可能是优秀教学骨干。如果你把老底都丢了，连老稻谷都没得食了，釜底抽薪，那你只能是吊在半空的楼阁，连做空气罐头的机会都没有。因而，校长应当控制自己的情绪和牢骚，走进贵生课堂，不信你回头看看，有上千追兵拼命想超越你呢！

校长应当是贵生课堂的包容者

贵生课堂本身就是创造课堂，老师们在这个课堂上，必然有许多新鲜的做法，这就要求我们校长必须去做弥勒佛，大肚能容天下难容之事；千万别学武大郎开店，矮过他的伙计不收。我们的原则早就鲜明：允许你做错，但不允许你不做。校长不一定是教学能手，但若是能够把老师的教学经验打包起来，变成学校的财富，也是一个有胸怀的校长。

校长应当是贵生课堂的推手

教育是什么？教育是你走出校门后忘掉学校那些知识剩下来的那部分东西。我们教育培养的是人，不是工具；是人的发现和灵魂的升级，而不是政治博弈的工具，也不是经济建设的工具。贵生课堂是人性课堂，是让每个学生都能在学校快乐中接受知识和技能，在尊严中得到公民应该拥有的核心价值观。其实也是课堂回归到原点的基础。

从功利而言，课堂是留住学生的主要场所。快乐的课堂可能是学生以校为家的有效途径。学困生哪里来？还不是课堂让他（她）待不下去！与其在课堂里遭白眼，不如出去打工赚点银两更有乐趣。这样就制造出戴破草帽磨破皮鞋的陈光概式挨家挨户寻找学生回校的现象。因而防流控辍，主战场应当在课堂。

再回头来拨弄拨弄校长的算盘，单说初中，每流失一个学生，就意味一年损失近两千元，三年下来就六千元，如果流失一百个学生，那是一年亏损二十万，三年亏损六十万。所以，贵生课堂既是防止学生流失的课堂，又是防止学校经济效益流失的课堂，这样利人利己的事，何乐而不为！

　　总之，校长决不能做贵生课堂的甩手掌柜，必须做贵生课堂的大力士推手。理由很简单，因为你是校长，因为你站在校长的平台上。有平台，你就必须担当，挺身而出，不要顾虑重重，在旁观望，甚至评头品足。你不愿意当推手，那么平台就会推下你。这是自然法则。

用你的笔留住你的梦

如果说这片红土地上梦想最容易繁殖,那最容易开花的地方在哪里?我想,当然是在青春校园里。

校园是梦想最缤纷的地方,也是一个个性最张扬的地方,更是一个让我们的独立思维能力有着更多发挥空间的地方。在这个兼容并蓄的地方,同学们,请用你们的笔留住你们的梦。

也许,在同学们看来,学校向来只管分数不管个性。实际上,这样的理解应该说本身就是对学校概念的误读。学校不是机器加工厂,并不像生产玩具一样对学生进行批量生产,把同学们培养成为千篇一律的才子才女。学校实际上是一块自由的净土,因材施教让每一位同学都能发挥自己的优长,让每一位同学天赋的个性都能展现出应有的价值和意义。

作为学生,我相信同学们都有过梦笔生花、梦幻成真的期待,都有过为自己成绩不好而失落的时候,也有过为自己不能成为众人眼中羡慕的对象而沮丧的时候。而实际上,当我们总在为自己的不足黯然神伤的时候，你更应该明白一点，这个世界上的第一并不是唯一。我们可以在多个领域来展现自己，凸显自己的价值。优秀也不只属于分数，正所谓尺有所短寸有所长，你有不如人之处，但你也必有过人之处。每个人都有着自己独一无二的闪光点，只是我们大多时候让自己生活在别人的光环之下，而失去了对自己特长的关注与欣赏。

其实，只要你不是为了夺人眼球而故作个性，只要你能正视自己的长处，那么每个同学都可以成为那颗闪耀的星星。记住，正因为我们每个同学不同，所以才会有各种思想的交汇。因为你，校园多了一抹色彩；因为你，校园多了美丽的梦。

人们都想把岁月留住，但岁月从不为谁而停留。当有一天，时光让你回望校园里最美的风景时，也许你第一眼看到的是曾经洒落的跳动的美，还有拴在梦上的，与梦一同成长的心智和生命。

今天实验中学的《七彩风》创刊了。恰好在2012年和2013年交接的时候，也是梦想最容易开花的时刻。

梦又来了。

有梦真好！

——原载于2012年12月28日徐闻实验中学《七彩风》创刊杂志卷首语

总有一些时光值得记忆

时光总是前行，从不愿意为谁停下脚步。而无奈的我们，只能用最原始的工具去拉长远去的时光，让过去的时光温暖着今天的我们。

2011和2012年，有一种理想开始在我们的头脑里悄悄弥漫，有一种希望开始从我们的眼中轻轻释放。我们在第一缕阳光照亮教育的时候，用心去擦亮沉积在教育脸上的历史尘埃。我们希望，让乡村孩子也拥有城区孩子一样的教学设备资源，让所有的孩子拥有健康的个性并成为有用的人才，让公平温暖的阳光照在所有老师的脸上，让所有老师多年积累的特长不致被废弃，让我们的校园充满梦想和尊严，让我们的校园不再有痛，让无助者有力，让悲观者前行，让2011年成为徐闻教育进程中有标志性意义的年度，让……也许有人笑我们痴癫，也许有人笑我们天真，但我们无法想象没有理想没有希望的日子，就如同我们无法想象没有阳光的日子一样。希望从不抛弃弱者，因为希望就是我们自己。

2011和2012年，特别的岁月特别的日子和特别的人，用原生态的图片模式，去记忆我们梦圆的欢欣、梦碎的痛苦，去记录我们执着于梦想的追求，力图去展示一个真实的教育截面。

透过图片的"眼睛"，我们惊讶地看到，时间竟如此密集，排列了教育的历史性大事。从普及高中阶段教育，到教育创强零的突破，到学前教育三年行动计划的铺开，我们的教育在急剧变脸，在不断转身。而这一切的源泉，在于我们有着坚强的心。

也许今天崭新的实验中学，让人耳目一新。可实验中学创建时，还在今天的县广播电视大学。实验中学2009年开始动工兴建，到2010年7月，校址的工地上还看不到建筑。而这时为完成普及高中阶段教育的实验中学却开始招生了。学校尚在筹建，没有教学楼，没有校长，只有刚从大学里招聘回来的十几个毕业生，却要招生一千两百名。当时的领导把临时校址定在海安农校，遭到家长们的强烈抵制。因为海安毕竟是乡镇啊。因而报名人数仅有一百来人。投资一亿四千万新建一所高中学校，如果招不到学生意味着什么？这对刚上任才满月的教育局局长来说是最大的教育危机！虽是租赁，但幸亏有县电大负责人潘建义出手相助，腾出教室和办公室，腾出宿舍二楼，腾出场地建起浴室和卫生间，并打通与徐中的通道，才使实中立稳脚跟；幸亏徐中的黄勃校长深明大义，将实中的学生纳入徐中的学生队伍，让两校合一，共享师资和设备，共同学习和生活在徐闻中学的旗帜下，实中也第一次有了自己的名义校长；幸亏退休的李恂谟副校长勇挑重担，从招生到教室安排再到宿舍的建成、教师学生的管理，一手操办一肩挑，才保存了实验中学四百二十七颗种子，因而实中的师生不知有黄勃校长，只知有李恂谟校长也。到了今天，在林茂文校长旗下，实中已经拥有两千五百人马了。只使用了一年的实验中学临时校址，现在已无影无踪，但那创业之难、危机之险却让图片传递出历史的回响。

一个新生命的出现，可能意味着另一个生命的老去。实验中学的大钟响了，有着几十年历史的曲界中学和迈陈中学高中部的闹铃却哑了。至此，徐闻成为湛江市第一个完成高中聚集城区办学布局调整的县市。从此，县城有徐闻中学、徐闻一中、徐闻二中、实验中学四所普通高中学校，每年招生五千多人，毛入学率达百分之九十以上，被广东省人民政府授予"广东省普及高中阶段教育县"称号。从"普九"到"普高"，教育上的历史性大事，却让2011年的渡轮承载了。

擦亮图片的"眼睛"，我们看见，创建教育强镇历历在目，触手可及。当2011年底湛江市发起创建教育强市的总动员令时，我们都在迷惘，我们都不敢相信自己，以今天我们的条件怎会达到教育强镇的标准！当我们下桥镇和海安镇被列入全市第一批四个乡镇试点时，我们知道，我们已经成了突破口，没有退路了。教育创强是我们教育人的希望，也是我们的奢望。我们心里只有一个愿望，借教育创强之力，提升我们学校的档次和品位。没有人告诉我们怎样做，没有现成的模式让我们模仿，所有的一切全靠一个字：悟。悟对了就成功，悟错了就会遭遇曲折。这时候我们才贴心体验到什么叫摸着石头过河，什么叫无路可走。幸亏主管教育的县委王盛副书记带我们上省厅求教，我们才第一次接触已使用了五年的教育创强的概念。幸亏我们有探路英雄吴振农副局长，有总设计师邓帮栋主任，有老骥伏枥的林炎校长，有创意无穷的王耀东校长，还有默默肯干的邓堪美、陈业佐和林望义校长；更幸亏有钟力书记的一言九鼎、梁权财县长果断决策的及时雨以及蒋柯煌常委遍布校园的足迹。2012年6月，湛江市创建教育强市现场会，一百多位政府官员和校长参观下桥和海安学校时，他们惊诧，想不到曾经落后的徐闻变脸这么快，想不到创强就这么简单！其实，简单的事重复做，你就是专家；重复的事用心做，你就是赢家。这也许就是我们的经验。当我们下桥镇和海安镇成为粤西湛江、阳江、茂名三市第一批被省政府授予"广东省教育强镇"时，我们禁不住热泪盈眶。为什么我们总是眼里含着泪？因为我们爱得深沉！爱这片土地，爱我们的校园，爱校园里所有的生命，不管是强大还是柔弱。为什么我们总是精神抖擞？因为有钟力书记和梁权财县长带领我们在创强路上前行。为什么我们总是不断寻求？因为创强唤起一种不可摧毁的希望，而这希望正通过影像仍在今天的天空中翱翔！

　　睁大图片的"眼睛"，我们发现2011和2012年的天空，最耀眼的三颗星星：普高、创强、幼儿园。学前教育第一次隆重地站在我们面前。幼儿园像开闸的洪水，挡也挡不住。无论是公办的，还是民办的，都在疯狂地生长。每个乡镇都在建中心幼儿园，有学校的地方也要想法子办村级幼儿园。民办的更是汹涌澎湃，见缝插针，让你欢喜让你忧。全县一百九十二家幼儿园，就有一百零一家尚未注册办证。各种黑校车东跑西窜，让幼小的生命在悬崖上奔跑，让你触目惊心。幼儿园的全面挺进，我们教育管理者担负的责任重大，生命之托不可疏忽。我们摧毁黑校车，是因为我们在赎买我们的良心和责任；我们不摧毁无证幼儿园，是因为我们有义务去规范它的健康成长。我们在不断增加公办幼儿园的数量，也在不断鼓励普惠性民办幼儿园的增长，更不断地把它们打造成规范化幼儿园。一滴水融入另一滴水才可能生存，一束光簇拥另一束光才会更亮。2011年当被铭记，学前三年行动计划，让我们的教育开始延伸到幼教，从此幼教之花遍及大街小巷、乡里村庄。

挥动图片的"翅膀"，我们好像成了庄周蝴蝶，在2011年和2012年的天空低翔，睁大眼睛关注着，记录着。但关注不是关注的终点，记录也并非记录的理由，而应该在人的层面潜入喜怒哀乐才有价值。

我们向有三四十年教龄的老师致敬！他们用粉笔在黑板上走过了春夏秋冬，尝尽了快乐和辛酸。当他们白发苍苍的时候，我们没有忘记他们，没有忘记他们停留在校园的青春。当两千多名退休老师捧着共和国诞生以来第一次颁发的终生教育荣誉证书和纪念徽章时，他们热泪盈眶，我们也泪流满面。因为他们看到了尊严，而尊严是人类灵魂中不可糟蹋的东西。我们要把永远的尊严留给他们。

我们为三尺讲台上的那一群师者鼓掌。三尺讲台虽小，却能容纳六千五百三十六个师者。他们不丰润的脸上写着笑意和坚强，为理想和成就而笑，为生存环境和人文环境而坚强。我们不喜欢别人说老师这也不行那也不行、这也不是那也不是，我们总是倔强地说，你的职业我们老师可以承接，我们老师的职业你可以承接吗？我们不承认别人说我们老师是一盘散沙，我们总是检讨自己的凝聚力这么多年哪去了？我们一直在寻找凝聚力的回归。凝聚力的丢失就是职业感的丢失。

一个团体对组织没有归属感，这无异于身在曹营心在汉。所以我们教育官员要公正廉明，我们校长要情义永在。让他们从我们的言行中看到存在的价值、职业的乐趣、个性的张扬，从而舒缓情绪，减少抱怨。给我一个支点，我就能撬动地球。因为世界上没有一个人是废物，你找对了方向就星光灿烂，迷失了方向就明珠暗投。这个方向就是支点。所以我们在建筑舞台，在打开通道，在架设桥梁，就是为了让每一粒金子不被沙土埋没。

我们为"师表杯"的篮球运动健儿欢呼，我们向"师德杯"书画摄影展的儒雅艺术家致敬，我们为女教师才艺大赛的健美人儿喝彩，我们为教学大比武的老师们鼓掌，我们为我们的教师专业发展358计划加油。我们为书画家冯才权老师，为最美青少年林武升老师，为上课姿势最美的郑乔升老师，为省山村优秀老师符小玉和麦英武，为省南粤优秀教师蔡虹，为挂着透析液上课的莫玉林老师，为坚守海岛的张有老师，为六千多名在校园内外行走匆匆的老师，为那些洗涤灵魂和再造生命的师者，致以崇高的敬意！因为他们让我们深深知道，有一种美好叫坚守，有一种榜样叫示范，有一种责任叫呵护。因为我们也是他们的一部分。

打开图片的长卷，我们一直在寻找着，在记录着，为决策者新鲜的设计而睁大眼睛，也为实施者的真情打动而闭上眼睛。

我们记录着那群不愿当保姆型的校长，第一次在清华大学接受"头脑风暴"时折射出学者型校长的梦想；我们记录着那群校长第一次集体用笔诉说着《学校定位的思考》；记录着在五里中学第一次采用学术答辩方式来聘任校长；记录着第一次采用全县万人评校长的大民主模式表决过程；我们记录着教育部门第一次"扩权强校、还权校长"的胸怀和勇气；记录着第一次出台的校长问责制导致五十多家主流媒体刮起的转载旋风；记录着第一次建立解困救助会去救助老师们困难时的真情；记录着第一次集束式从政府到民间连锁爆发的奖教奖学助学的燎原之火。我们记录，我们感受，我们欢欣，我们焦虑。我们感谢这个伟大的时代，我们感谢县委县政府的开明，我们才可以创造，才可以放出白猫黑猫，才可以蹚水过河，才可以收获喜悦。

揉揉图片的眼睛，我们很清晰地看见，教育正在回归基本，校园正成为温馨的家园、成长的沃土。

我们看见，县教育学会正式挂牌运作，挥动着教育教研的大旗。我们看见，各专委会"忽如一夜春风来，千树万树梨花开"，让老师们找到了组织，找到了方向。我们看见，教育专家指导中心的队伍拉起来了，让那些不在第一线的教育专家们，也可以再次重温激情燃烧的岁月。我们看见，县教研室不再是不教不研团体，而是担当起教研指导的重任。我们看见，湛江市校本研修示范县活动仪式在我县举行，我县被授予示范县称号。我们看见，全市骨干教师培训班在我县举行开学典礼，一百五十名骨干老师分为十组到我县的学校进行现场讲课，让我们老师和学生耳目一新，感觉世界很大。我们看见，两名蓝眼睛的英籍老师进入我们的进修学校，让一百九十多名英语老师懂得了什么叫口语课堂。我们看见，我们的教学开始关注科组建设，意识到团队作战的效果。我们看见，我们的老师终于得以迈出校门，走向更广的教学天地。我们看见，历时三个月的教学大比武，各学科赛事纷呈，有的甚至达到三十三场赛次。我们更欣喜地看到，先片区后跨区的赛事，搅动着六千多老师的心，各路英雄豪杰大显身手，从来没这么有劲，压抑多年的激情井喷，获奖的不获奖的如草原奔腾的马群，让你眼花缭乱，让你更加体会那句话：世界上并不缺少美，而是缺少发现美的眼睛，缺少发现。我们也理性地看见，虽然高考不是教育的终点，但分寸得失都会风云再起，寒气刺骨。2011年全市低迷，我们却一路高歌，突破历史，垒成历史最高峰。2012年全市重创，我们却峰回路转，跌在半山腰，饱尝各种责备和冷枪冷箭。好在县委县政府及时召开检讨会，虽然史无前例，但愿此后凤凰涅槃，浴火重生。

张大图片的"眼睛"，我们关注到公平，关注到公权力的约束。三十年的改革开放，我们的老师学会了正眼看世界。老师不再只是纸上的汉字，不再只是识别的符号，也不再只是移动的橡皮，而是一个个有思维有血有肉的生命体。我们接受他们对我们进步的赞意，也接受他们对我们不足之处的批评。但更重要的是，我们要尊重规则的公平。规则公平才是最起码的公平。

我们关注到，普通乡村老师因无法调入城区学校时的那种无助、愤慨和绝望。这无助、愤慨、绝望成了社会舆论在教育方面的第一热点问题。我们设计了通过公开考试选调老师入城任教的机制。当我们看到第一批通过公开考试选调到城区学校的老师那脸上的笑容时，我们的心又何止充满温情！毕竟我们第一次看见关系网远离，看见利益交易靠边。毕竟我们第一次看见，自身价值的诠释和证明可以靠自己而非靠别人或其他来彰显。

我们关注到，每年初中升高中阶段的体育考试，曾使多少家长和老师为之疯狂。各种关系网和利益链条的黑暗交易，使考场乌云密布，"中招体考"成了社会舆论在教育方面的第二热点问题。我们设计了严厉整肃内部工作人员的方案。因为带头破坏规则公平的，往往是"内鬼"。监考员由此成了被重点监督的对象。2011年"中招体考"过去了，人还是那批人，只是局长变了，这个热点问题也就不再发热了。当我们听到三摩车司机都说今年考试公平严格时，我们突然明白，什么叫公平的力量，什么叫世道人心。

我们关注到，林子大了什么鸟都有，当知识坠入孔方兄的四方口里时，带有商业性质的有偿补课也就随之偷生。有偿补课也就成为我们教育的第三热点问题。我们设计了各式各样的整治方案，集束式、分散式、游击式，派出神猫特遣队，带着影像工具，明察暗访，上演着一幕幕"猫捉老鼠"的游戏，进行着一场场"敌跑我追"的游击战。虽然大势所趋，有偿补课望风而逃，但残余却一直顽强地活跃着。这让我们无奈，也让我们深思：究竟有没有知识经济这门课？什么时候知识才是金钱？更让我们深悟其道的是，无论什么难点热点问题，只要被关注，就会得到解决或降温。关注就是力量，关注改变教育。

我们关注到，梅溪中学的三百个优质学位，曾让多少学生疯狂渴望，而另外的三百个择校优质学位，又让多少家长日夜奔走，优质学位的均衡化成了热点问题。当我们决定把六百个优质学位全部放开，不再择校时，我们才知道，一个规则地放下，需要多大的勇气和代价。

当我们听到许多农村小学响起的鞭炮声，庆贺自己的学生第一次考上梅溪中学时，我们的心颤动着，我们知道，教育的希望已经在乡村点亮。

穿过图片的长廊，我们不断寻找，不断回首。那一幅幅无法复制的画面，那一页页无法磨灭的历史，让我们一直铭心刻骨。阳光照在图片的脸上，却温暖着我们，感动着我们！

我们感动着，是因为2011年的感恩风暴席卷校园，是因为十多万名师生和家长的热泪在飞，是因为孩子们深情的"爸爸妈妈我爱你""老师你辛苦了"的声音在校园上空回荡。

我们感动着，是因为十多万学生在校园用广播体操释放着青春运动之美；是因为五千多名学生从全县各乡镇像潮水般涌入县体育中心进行广播体操比赛，又像旋风般有序撤回学校，让你感觉毫不亚于军队的大规模迅速集结和撤离；更是因为孩子们"我运动，我健康，我快乐"的艺术之美史无前例，在体育中心变成历史的永恒。

我们感动着，是因为刘养书记敲着安全警钟在校园里巡回，是因为校园防空防震演习已经成为常态化，是因为防溺水、防暴力、交通安全教育在校园的墙壁上回响，在国旗下播放，是因为孩子们在教室在食堂在宿舍在运动场在回家的路上在车上在水边等等的举动，都牵动着学校脆弱的神经和老师们脆弱的心。更是因为没有什么警钟能够在校长的脑壳里如此长鸣，如此沉重地敲击着校长的心。让他们明白，安全无小事，细节决定安全。

我们感动着，是因为新寨中学现场会德育之花的"蝴蝶效应"。我们感动着,是因为关工委那群老人们关心孩子们健康成长的那种情怀。我们感动着,是因为特色文化开始进入校园,教师文化开始融入校园文化。我们感动着,是因为监督的关口下移到中小学,刘华丰副书记的纪检监督员就像移动的监督台在校园潜伏着、巡视着、收集着、报告着。我们感动着,是因为有一群由杨映副局长组建的"司马迁式史官"的通讯员在校园里忙碌着记录着,用影像和墨痕留下学校的发展,也留下这本《我们的故事》。我们感动着,是因为兼备信息传递和学校管理的"徐闻教育网"像"天眼"一样注视着学校的举动,也让学校相互观摩彼此的活动和发展进程,更让外界听到我们教育的声音。这声音不再是一己呢喃,也不再是窃窃私语,而是在阳光下汇集,让阳光晒干水分,晒出一个真实的教育、自信的教育。

《我们的故事》出版了。这本身就是一件值得庆贺的事。我们庆贺不止于它刻录下历史的脚印,更在于它透射出鼓舞教育前行的光亮。

2011—2012年,对教育而言,是一个千言万语要说和千言万语被说的年度;是一个背负着历史沉重包袱,却又顽强生长着的年度;是一个只有瘦弱肩膀和脆弱的心,却要承担着全社会责任的年度;是一个坐牛车抄小路赶大道追搭教育公共汽车的年度;是一个教育回归本土、修牢基础和规范行为的年度;是一个累并快乐着的年度。

也许在这个阳光灿烂但仍物欲横流诱惑纷呈的时代,让我们的学校和老师望而兴叹或见而沉溺,或有着诸多的抱怨。但我们不能止步于抱怨,尽管抱怨本身无可厚非;我们也不能沉溺于低俗,尽管低俗是最起码的权利。我们理应彼此珍惜相互取暖,彼此点亮,点亮指引我们教育前行的路，就像没有什么力量能够阻挡时光的前行一样，也没有什么力量能够阻拦我们教育前进的方向！

阳光照在你的脸上，温暖着我们的心。当这篇序文即将收尾时，正值2013年高考放榜，我县国本上线一百三十二人，本科上线一千二百二十三人，创造了历史最高纪录。凤凰涅槃，终于可以浴火重生。当我们听到庆祝高考大捷的鞭炮声响起时，不禁鼻子发酸，心头发烫，"忽报人间曾伏虎，泪飞顿作倾盆雨"。

一切都会过去，但过去的时光，总有一些值得记忆。

——原载于《我们的故事——2011—2012年教育那些事》（朱堪智，中国戏剧出版社2013年版）

同事·同事

每一个走近你的人，并非都是偶然，也许会是冥冥之中的注定。茫茫世界，芸芸众生，总觉得有一只无形的手像海上美丽的歌声一样招徕着你，牵引着我，推动着他，一起到这里来会合，让人无从逃避。因而我们也有了一个共同的名字：同事。

有人说，同事如戏服，无论在台上穿着多光艳、行走多出彩，不过是昙花一现而已，回到台下，终归还要脱下来。我想，人生苦短，能够等到花儿都谢了的全程固然美好，但若能听到花开时的声音的那一刹那，亦是满满的美丽。不在乎始止，不在乎过程，只要曾经拥有，足矣。

也有人说，同事如陌路，整天在一幢楼里照面，却心照不宣，成了最熟悉的陌生人。我想，有的人相处十几年却一直都陌生，有的人一见如故，就掏心掏肺。其关键在于心有没有打开。你把心打开了，同事走着走着就走进了你的心里；你把心封闭了，你走着走着就会慢慢地消失在同事的视线里。

如果说同事的目的地是心的话，那么沿途的花儿草木和山水古刹都是通向心路能量的营养剂。当别人认为心路是游山玩水时，我们更乐于作为心理拓展的训练。旅行的目的地并不重要，重要的是跟谁在一起。翻开这本小册子，影像会告诉我们，心的旅途很柔软，很温馨，慢慢磨合，难以抗拒。火车车厢里的磨合，世博会里数人头，泰山看飘雪，峨眉迎新客，汶川泪浸羌红，婺源蜻蜓飞水，黄菜花海的人儿，百色同舟击水的呐喊，还有海滩拔河、白沙篝火、瓮鸡飘香、假面晚会，尤其是金银岛上的兔子舞，七十号人相互搭着转圈，让我至今想起都想流泪。一滴泪可以看清一个人，也可以看见一群心。同事的心就像洋葱，平时裹着，如果你愿意一层一层地剥开，你会发现那心底最深的秘密，原来是全心全意。

　　我总觉得，同事的时光，一半是在办公室的程式化流程中磨损掉了，另一半却是在离开办公室后发生的故事中留存。这本小书里那些柔软的言语和影像，都是真情的流露。机关的生活就是这样：干活时拼命地干，休闲时疯狂地玩。这也成了我们的机关文化。

　　有些人，有些事，还有曾经的那个地方，也许我们总不在意，总被湮没在时间的沙堆里。也许在许多年以后，当我们从老花镜里翻读这些影像的时候，不知是否会记起那些逝去的青春和那些柔软的时光，还有那些曾经让你欢喜让你忧伤的淡淡而去的同事时光。

2014年6月15日

——原载于《柔软的时光》（徐闻县教育局内部资料）

相信种子，相信岁月

守望教育是一件十分纠结的事。每每提及教育，人们都愤愤然，因为百分之八十五以上的人都是从学校里面出来的，所以对教育，总是千言万语。

守望教育却又是一件非常快乐的事。教育资源就像一座开采不完的金矿，里面蕴藏的文化密码，着实让教育人如淘金者一般，痴迷不已。无论金子砂子，乐在其中。

在中国大陆最南端的徐闻县，有这样一群教育人，他们传承传统课堂，却又乐于超然传统课堂，更乐于把现代课堂和传统课堂焊接。他们把四百多年前明代戏剧家汤显祖在徐闻创办的"贵生书院"的理念挖掘出来，与现代大数据时代相融合，开发了贵生课堂，摸着石头过河，虽是艰辛，但且行且乐，这是非常有勇气的开拓。

贵生课堂的核心价值无疑是尊重生命。只有尊重生命，才有自由、平等、公正、尊严和包容，才有爱。四百多年前汤显祖创办"贵生书院"的宗旨，就是教化人们珍惜生命，尊重读书人。生命已殒，谈何修身齐家平天下！生命是什么？生命是一个极其深奥的文化密码和伟大的谜。简而言之，你眼里看到的一切和脑海里所想到的一切，都是生命，包括校道上被风吹跑的那张小纸片。为什么管上学的孩子叫学生，而不叫学死呢？其中的奥秘不言而喻。

贵生课堂尊崇的是尊严、平等和包容的理念，追求合作中的竞争，我看是有文化意义的。有个教徒去参观地狱和天堂，他看到地狱的人个个骨瘦如柴，手持一米长的勺子抢着舀粥，结果喂不到自己嘴里。而天堂的人却个个满脸红光，手持一米长的勺子把粥相互喂到对方的嘴里。他明白了什么叫天堂和地狱。从文化意义上讲，天堂和地狱的工具和资源都是平等公正的，只不过一个是合作，一个是竞争而已，当然结果也不同。所以说，合作比公正更有价值。联想到从小学就开始的激烈竞争，从不输在起跑线上，到社会上的搏杀，你斗我，我斗你，形成窝里斗文化，这种文化沉淀的根源，当从学校开始追寻。文化的改变，须从课堂出发。贵生课堂开发的合作机制，正在为回归原点后再出发迈出可喜的一步。

课改是孤独的英雄路，注定是坎坷曲折的，但坚持到底，才能成功。因为我们面对的不是学生，而是家长，是体制，是整个社会。而我们本身就是家长，就是体制，就是社会。所以理想的课改，需要理想的课程、开发的教材、有效的实施以及家长和学生的认可。这就是课改的千难万难。

贵生课堂只是课改的一粒种子，能否生根发芽，有待岁月分晓。伴随贵生课堂而行的那一群教育人，在路上发现自己，收获自己。

县教育局一群与天地为师、与世界为友的教育人，编著了这一套《徐闻县贵生课堂理论和实践丛书》，记录了那一群教育人在英雄路上的梦想、探索、艰苦、光荣和愉悦，为我们县教育史上留下光辉的一页和宝贵的财富。这是史无前例的。

贵生课堂是一粒种子。相信种子，相信岁月。

2014年10月17日

高考的圣旨

高考的心念,每年不知要在我们的心里流转多少次。只有到了六月的有期而遇,金榜题名时,这流转方得歇停一会。而后,范进们面若桃花,游学而去;名落孙山者却重整旗鼓,以待来年。我们呢?心念的流转又得继续轮回。

中国人对于考试,有着一种独特的焦虑和愉悦。民国之前,只要是中了举,那兴奋劲儿仿佛是新婚入洞房般的美妙,于是弄了个"洞房花烛夜,金榜题名时"的典故出来。直至今天,这种情结仍然弥久如新。比如,每年六月高考的"圣旨"下来,便有万民跪读的壮观。学生读到的是功名,老师读到的是尊严,父母读到的是家族的荣耀,商人读到的是钞票,政府读到的是民意,官员读到的是人事变迁。这一切的一切,全是运气。运气差时,物是人非;运气来时,门板难挡。而高考本是私密之事,如今却变成了悬在命运头上的利剑。

即使是利剑,我们也坦然面对。青山不改,绿水长流。有谁能够避免六月的命运呢?只要你在教育的领地,高考就会穿越中国大陆的最南端找到你,触动你的悲喜,试探你的价值和尊严。

一只蝴蝶偶尔振翅,也会引起高考的剧变、尊严的兴衰、价值的轻重。

2012年我们原本稳稳幸福的高考，突然山顶翻车，重重落地，成了湛江市的垫底。一时间，抱怨声汹涌澎湃，斥责声声嘶力竭，以为是天意灭我高考，撤校长换局长的密议惊动了地方的最高层。高天滚滚寒流急，大地微微暖气吹，仿佛是在上演一出反谍戏，让人大跌眼镜，惊心动魄。

2013年的高考就如春晚的魔术，九龙吸水，大落大起，突然独占鳌头，排位全湛江市第一。从最后到领头，只用一年时间，让人无从接受，脑筋无法急转弯。于是谣言四起，一百五十万元买试题，考场里老师做答案。官民突然间失去了自信，满天都是怀疑的星光。虽是星光，杨子荣照样披雪打虎上山，独有英雄驱虎豹，更无豪杰怕熊罴。

2014年的高考是在史上最严的监考中度过的。真金不怕火炼，仍然是雄踞湛江第一。此时，惊诧、疑惑和谣言的雾霾已经四散，春暖花开，风和日丽，官民找回了信任，教育找回了尊严。

高考的历程从滑坡、崛起到淡定，其间的辛酸和喜悦唯有教育人才浸泡其中。因为能不能钓到鱼，只有鱼才知道。而我们正是像鱼儿一样潜在水中默默备考的。人们只看到鱼跃龙门的刹那，焉知鱼在水中的泪。鱼对水说，你看不见我的眼泪，因为我在水中。水对鱼说，我能感觉到你的眼泪，因为你在我心中。

我是在泪眼迷蒙中读完这本高考回忆录的，因为我也一同走过。里面的每个细节我都冷暖自知。那些熟悉的面孔，那些熟悉的细节，那些叫不上名字的面孔和那些读了这本书才知道的故事，每每读到此处，总有一种力量让我泪流满面。男儿有泪不轻弹，只因未到伤心处。这本书，让我读到了我们高三老师不信东风唤不回的倔强；读到了雄关漫道真如铁，如今迈步从头越的执着；读到了县府一百五十万元备考经费的雪中送炭；读到了团队备考理念和备考文化，更重要的是读到了什么叫坚守，什么叫真心英雄！

　　行到水穷处，坐看云起时，唯有坚守，才会山重水复疑无路，柳暗花明又一村。

　　高考是什么？我记不清专家是如何界定的。也不想记。

　　我只知道，高考就是圣旨。

2015年2月12日

——原载于《高考的圣旨》（徐闻县教育局内部资料）

在高考中遇见自己

不是所有的遇见都是最美的相遇。在高考里行走,最终遇见的,却是你自己。

大师说,当你明白,成功不能显赫你,失败不能击倒你,平淡不能淹没你时,你就已经站在生命的最高处了。

我不知道自己站在何处,但能在高考中遇见自己,也像遇见佛光一样。

所以当潘先生要我为高考的历史留下片羽记录时,我沉默了很久。苦难很容易逼人长大,高考的悲凉更容易让人发现自己。在那一片混沌的世界里,与天意同行,与高考挑战,与命运抗争,真的是其乐无穷。历史必定是由岁月来写的,我所能做的,只是推开心境的大门,把那一沓沓不能上大雅之堂的高考碎片串成风铃,叮当一下。

撞车·暴雨·天意

世间的事情,冥冥之中,总有预兆。你能否悟得到,那就看你的道了。2012年4月7日，清明节刚过，下午3时，县里要在政府会议中心召开高考备考大会，来的高三老师有三百多人。那时刚好周日，我在湛江。天气正好是"清明时节雨纷纷"的光景。

我急急忙忙驾车从湛江赶回徐闻主持大会。中午的高速公路很润，细雨飘飘洒洒。独自驾车在寂静的路上奔驰，脑瓜子也在不断奔驰。这段时间，徐闻中学的高三老师情绪一直在躁动，抱怨学校不兑现承诺，补贴经常拖欠，那情绪严重影响了高三老师的备考积极性。我也把情况反映给校长黄勃，他也抱怨说没钱怎么发。刚好这时徐闻一中和二中，包括职业中学都分文不差地把补贴发了，这更刺激了徐闻中学高三老师的神经，他们愤怒地把矛头直接对准校长。从湛江一模到广州一模的情况来看，其间的落差填满了抱怨。

雨在飘，路还润，在距离徐城收费站两公里处，我突然发觉车冲向中间花木隔离带，我赶紧刹车。车倒是没有冲上隔离带，可却像波涛中的船，慢悠悠上下晃着向右转，就是控制不了。我心说，这下完了，要翻车了，手脚死死抓住方向盘。车没有翻，却慢慢撞上路边的护栏，横在路上。感谢安全带，我扑在方向盘上，赶紧摸摸自己，还好，不见血迹。下车看看，护栏凹了一块，车头却好像烂了一样，幸好后面没有跟着车，如果有，那就不同了。那时我只想着赶时间到会场，什么惊魂未定早已忘了。我赶紧上车打火，竟然还可以起动，于是驾着烂头车继续赶路。

还好，换了车赶到，刚好3时。当然，我在台上主持会议时，台下三百多人谁也没有觉察到我的死里逃生。我脸上笑着，心却沉重着，刚才高速路上的那一幕，是否有预示什么？莫非今年的高考要翻车？想到今年徐闻中学那么多的事情，不敢再往下想。如果说是天意的话，那也没办法，天意难违啊。尽管如此，我还是抱着侥幸的心理，希望奇迹的出现。会议结束时，我说，徐闻中学是经常出奇迹的地方，相信今年也会有一个美丽的转身。台下一阵笑声，我也跟着笑。但我不知这话是安慰自己还是期待什么。（时过两年，我翻看当时的会议照片，想看看当时自己的状态，没想到是最美的一张照片。）

2012年高考放榜，果然徐闻中学创造"奇迹"，湛江市排名最后，十年来最低。

也知道会滑坡，但万万没想到会跌得这么惨，飞流直下三千尺。我把之前的历险跟朋友说了。他沉思一会说，该来的门板也挡不住。孟子说，天将降大任于斯人也，必先苦其心志，劳其筋骨，饿其体肤，空乏其身。我问他，是否这是天意，他笑着用一句流行的话回答我："你懂的。"

2013年的高考也很神奇。按说跌倒趴在地上，要站起来也不会那么快，但这年的高考不但站起来了，而且还腾云驾雾飞上天：高考排名湛江市第一。从最后飞到领先，在一年间，你说谁会相信？因此议论纷纷，各种猜测遍布。议论总归是议论，猜测毕竟是猜测，现实才是现实。现实是，一群群学子笑着簇拥着坚定地进入大学校园。1948年8月，面对美国强大的军事压力，中国人民解放军照样坚定进入南京，毛泽东自信地挥挥手：别了，司徒雷登！就是到了现在，还有人问："当初你们是用什么方法把高考提升这么快的？"我只能这样回答：

"这个啊，只有天知道。"

2014年高考就更神奇了。前几年我们在山西太原，天空布满雾霾，灰蒙蒙一片，呼吸的感觉好像不那么顺畅；可到了不远处的五台山，惊讶地发现，五台山的天空一片蔚蓝，偌大的蓝天连一丝白云也没有，十分凉爽。那年的6月，徐闻的天空热情如火，大地一片流火，课室就像桑拿房，汗水淋漓。孩子们在这闷热的课室里备考，让人心疼，也叫人无奈。眼看高考临近，可这上天似乎不以为意，照样泻火，真急坏人。孙猴子哪去了？我们要是孙猴子就好了，就可以去偷走公主的那把芭蕉扇，扇走那片火。6月5日了，依然是艳阳高照，丝毫没有下雨之意。看来今年得多准备开水和防暑药物了。6月6日，也不见转变，6月7日就考了，天若有情天亦老，人间正道是沧桑。到了6月6日傍晚，想不到的事情发生了。风云突变，一场大雨倾盆而下，痛痛快快，荡涤着大地的炎热，送来一片清凉。高考第一天，闷热尽散，凉爽缠绕，老师和孩子们都笑了，潘先生连呼天意，天意！2014年高考放榜，我们仍然排名湛江市第一。

如果说2012年高考的坠落、2013年的上升和2014年的淡定是一个谜的话，那么，真正的谜底是什么呢？我想，只要你仰望星空，一切答案自在其中。

高考检讨会·军令状

2012年高考失利，本是"兵家"常事。天下哪有常胜的将军。深刻反省，来年再战，是必须的。无奈有好事者和利益团伙的推手们呼风唤雨，一时黑云压城城欲摧。高考事件升级到政治生态，成为政治危机。

这年8月2日，主管教育的县委副书记符贤叫我到他办公室，说钟力书记对高考滑坡压力好大，县里准备组织一个会议进行反思。会议名称还未定，初步拟定是检讨会，教育局和各高中学校要在会上做检讨。当时我大吃一惊，县四套班子为高考开检讨会，这恐怕是全国第一例。我提出异议，把检讨改为研讨。此后不久，县政府主管教育工作的蒋柯煌常委给我电话，也对检讨一词提出异议。我把情况汇报给符贤副书记，符说，钟书记定的，不改了。

8月10日，在县小招二楼会议室，一条横幅十分醒目，徐闻县2012年高考检讨会。规格很高，四套班子都到了，对面有钟力书记、梁权财县长、侯德耀主席、符贤副书记、蒋柯煌常委、吴宏望常务副主任，这边有我们教育局班子成员和高中学校的校长书记。会议的过程很震撼，充满变数，转折也很突然。本来想准备承受一场暴风雨般的数落，结果很出意料。这在潘建义副局长的《忽报人间曾伏虎，泪飞顿作倾盆雨》一文中已有详细记载。至于当时我承诺"考不好打褥回家"的军令状，也有人问我是不是一时冲动，其实我是早有心理准备的了。成绩出来后，当时我也不是很在意，考试是校长的事，我搞我的创强。后来我感觉不对劲，好像有一股潜在的势力在推波助澜，不是寻思着怎样拯救高考，而是惦念着局长校长的位置，并且连媒体和局长校长人选都准备好了。因而在7月上旬，我悲愤地就高考滑坡分别发短信给钟书记、梁县长、符副书记和蒋常委表示歉意，并承诺愿意接受组织的调整。我想，如果明年高考还滑坡，我还有什么面子当这个局长，不是误人子弟吗？赶紧一走了之，人安心安。所以我当时就把自己置之死地而后生。反正这个位置全县七十多万人年年考评，不好受，总不可能年年优秀啊，只要有一年不是，那么架设已久的喷砂枪就会准时轰响，井边堆满的石头也会落井下石。也有人问，既然是这样险恶的环境，干吗还苦撑下去？我哭笑不得，你还在那个岗位，你不坚强，谁来替你坚强！再说，最后也不过是这么个结局了，你还畏惧什么？挑战就挑战吧，较量就较量吧，反正输赢都光荣。人一旦退到了底线，也就不在乎什么了。这里要特别说明的是，一中和职中这年还是考得不错的，获得市高考先进单位，本应表扬的，但因徐中，他也跟着检讨，受了委屈。

我一直在思考检讨会现象，总觉得是一种独特的现象。用这种形式去面对，去扭转高考乾坤，足见当时县领导棋高一着。

县委书记的"尚方宝剑"

潘先生曾经撰文说钟力书记授予高考一把"尚方宝剑"。这宝剑有点华山论剑的味道，又有点煮水论英雄的场景。其实什么也不是，只是与钟力书记的一段谈话而已。

大约是8月16日，我接到钟力书记电话，要我上他房间一趟。我知道钟书记就住在县小车队楼上，但从未有机会去过。在他的秘书的引导下，我小心翼翼地来到他的客厅。

钟书记见我来了，示意我坐下，只说那么一句："高考的压力好大啊。"接着猛吸他的竹筒水烟枪。

我第一次听到县委书记说压力大，而且是因为高考。我深感内疚，觉得对不起领导。钟力是个爱憎分明、正义感强、性情冲动又有远大抱负的人，一般来说，压力是难不倒他的。但一次高考的失利，竟让他如此压力，可见在旁边试图影响他的人不一般。他吸了几口水烟，长吐一条烟雾后，抬头对我说："我担心今年一跌，一跌会跌三年啊。""不会吧。"我嘴里说着，但心里没底。望着这位年轻的县委书记，我明显感觉到他的忧虑。钟力毕竟长期在财政部门工作，对数据有着天生的敏感，他说的"跌三年"想法，自有道理。我顿时觉得心情沉重好多。钟力明显看出我的忧虑，便转移话题直接问："黄勃究竟行不行？"他就是这样一个快刀斩乱麻的人，不容你纠缠不休。看他焦虑的样子，我感到徐中校长黄勃的压力不知有多大。当他听到我回答说"还行吧"时，流露出放松的神情。不过只是一瞬间，他又放不下心回到主题。他盯着我命令道："你直接去管理徐闻中学。"我愣了一会儿，这不是明摆着叫我身兼两职吗？这分明是要我的命。我胆怯地试探道："你的意思是不是叫我兼徐闻中学校长？"他反问道："你认为怎么样？"我说："我没有那么多的精力，黄勃这个人胆小，谁都讨好，在后面帮帮他就行了，我会直接去学校参加他的班子会的。"当时，徐闻中学高考备考一直在沿用"陈南模式"，对黄勃支持的带有徐一中因素的"京城模式"强烈反对。因而凭资历凭权威凭学识，黄勃一时无

法说服他们。就在带有徐中因素的"陈南模式"和带有一中因素的"京城模式"相遇的时候,钟书记斩钉截铁地要求:

"你给我去徐中管好他们,如果哪个敢设障碍,我替你搬石头。"

这声音掷地有声,至今仍在耳边。这就是一个县委书记扭转高考失利的决心。

此后,徐中每次班子会议都通知我参加,但我一次都不参加,每次都委托潘建义副局长代表我参加。说来也怪,自从高考跌足后,徐中开始有抵触地接受"京城模式","陈南模式"和"京城模式"开始相融,最终创造了2013年高考的神奇。

这是钟力任职徐闻县委书记六年来唯一一次与我的谈话。所以我记忆深刻。

县长和一百五十万备考粮草

徐闻高考连续两年占据全市第一,湛江市各县区纷纷打听其中的奥秘。当我们披露高考备考的一百五十万元经费时,他们怎么都不敢相信,财政困难的徐闻,会如此任性的大手笔。

其实,他们太不了解梁权财了,尽管当初我们也不了解。

8月11日,检讨会次日,符贤副书记便叫我上他办公室,叮嘱我说,教育的当务之急是抓好高考,并交代我回去搞个高考备考方案,同时特别交代,如需要县委县政府支持,一并写进去。

不用说了,明摆着是钱的问题。人民内部的问题当然要用人民币去解决。徐闻中学的失蹄,其中也有人民币的因素。我把这事交给教研室。过了几天,教研室就把方案的草稿拿出来,送给符贤副书记审示。符贤说,先讲经费,其他做法你们研究。一百七十八万元备考经费够不够?潘说勉强。符笑了说,要是县长打五折呢?你就要求三百万,到时县长打折一半都有一百五十万元。我们都觉得这样好,就怕狮子大开口把县长惹火了,竹篮打水一场空。符打气说,先试试吧。

我们走出符的办公室后一路嘀咕着。这个梁县长管钱很紧,他要看你花钱在什么地方。你很难从他手里套出一分钱来。听说乡镇书记镇长一起去要经费,他也是给一万元。现在我们要几百万,他要是给几十万,那就是老天开眼了。

10月11日,梁权财县长带符贤和蒋柯煌等领导以及有关部门去教育调研,主要是到高中学校。

梁县长说:"这次调研的目的,主要是让大家放下身上的包袱,轻装上阵。"一句话把我们感动得想哭,心里暖烘烘的。我们这时候已是大雪覆盖,好怕再遭遇一场霜。毕竟做教育的人就是不同。梁县长曾经当过教育局局长,对教育的理解很深,人情味也很浓。我们感到他很慈祥,与我们走得很近。

在实验中学的汇报会上,各学校汇报了备考情况,我也汇报了教育的情况,分管教研领导也解读了高考备考方案。梁对这个方案比较满意。看到方案提出三百万元的备考经费时,他迟疑一下,喃喃自语,嘴角微微上扬,然后眼睛直视着我:"三百万?"接着他注视着符和蒋说:"这样吧,县财政也好困难。但再困难也要支持高考,先拿一百五十万行不行!"我们满心欢喜,赶紧说:"行,行,行!"大家热烈鼓掌,向梁县长致敬。

我们向梁权财同志致敬,不是因为他是县长,而是因为他的那分教育情怀和境界,在财政如此困难的时刻,他毅然选择了对历史和未来负责,如此深邃,这般担当,非常人所为。县长我们见过很多,但有如此情怀的县长不多见。此后两年,我们连续高考排名湛江市第一,很多人都感谢那一百五十万,我还更致敬于他的魄力,那就是遇见困难时的勇于担当。梁县长曾经当过老师,也当过教育局局长,对教育有着挥之不去的浓烈情怀。他最大的愿望是退休后能够回到学校去教书。他说他最开心的事就是去学校,看到孩子那纯真的笑脸,一天都开心。所以凡是教育需要必要的经费,他都支持。湛江市十个县市区的教育局局长都羡慕我命好,遇上一个那么有教育情怀的县长。有个局长感慨说,不用说一百五十万,我有三十万就满足了。言下之意就是说,给我一个支点,我就能撬动地球。我笑了,人与人,命运就是不同。

不寻常的谣言·史上最严的考官

2013年高考排名湛江市第一,把全市吓了一跳,谁都不相信如此落后的徐闻会有如此的飞跃。就是徐闻上上下下,也是目瞪口呆。总之四个字:我不相信!

因为不相信,所以产生N个联想。比如,我和黄勃、谭善龙校长在广州，恰好是高考放榜的日子，局长校长都不在，有人放风说，市纪委找局长上去谈话了，局长用一百五十万元买高考试题，还指使老师在考场替学生做答案；市里派来两辆汽车到徐闻中学，把校长和高三老师全抓走了；高考这么好是作弊得来的。一时间，全县沸沸扬扬，连乡下不出门的老人都说今年高考是作弊的，更不用说消息灵通的三摩司机、市场卖菜的，简直是众口一词。县领导也半信半疑，连开个庆功会都不大敢。我也真"佩服"那些谣言传播者的苦心，能够传播这么广，甚至传到外地的徐闻人那里，真不简单。如果他们把这些精力投入到建设家乡上，该多好啊。当时市里我的一位学生打电话问我爱人，是否老师因高考被纪委传去谈话了，我才知道谣传的冲击波这么厉害，真让我真哭笑不得。高考考不好，不行；高考考好了，也不行。这是什么世道！后来有人告诉我，是有个集团在背后操纵，连媒体都准备好了，位置人选也准备好了，就等待你的"项上人头"了，而且操纵者不是一般人。我也是四个字：我不相信。

2012年的高考很悲壮，2013年的高考很神奇。从悲壮到神奇，按说应该庆贺一番，但是各方都在沉默。人啊，都是叶公好龙，幸亏湛江徐闻商会捐送了十二万元奖金，才让我们得以在县会议中心给二百九十九名高考中英雄的老师带来了尊严和小小的安慰。

2013年考上大学的学生高高兴兴上学去了。可湛江市各县区，包括市教育局都是怀疑的眼光，好像你就应该排在最后才是你的位置。其实他们不知道，早在2012年底我们就秘密制订"突围计划"，我们计划用三至五年的时间，超过雷州，赶上遂溪和廉江，接近吴川。没想到只用一年时间就完成了。拿破仑说，中国就像是沉睡的巨人，一旦醒来，震惊世界。其实湛江市的高考已经沉睡了十年，我们只不过是先醒而已。

在疑惑中，2014年高考又来了。全湛江市都在注视着徐闻，徐闻人都在关注你的考务工作，高考变成了聚焦点。哈哈，考好了比考不好还严峻。考不好是你错，考好了也是你的错。

考试股的余玉奋股长找到我，显然他也遭遇了社会的压力。他说，今年的高考怎考？我问，老师会有在外面做题给学生吗？他说不会。主要的问题是有的监考老师不作为，因为都是高中老师监考，有学生家长可能找监考老师要求监考时睁一只眼闭一只眼。我们也处理这类事情，但按照考试条例处理，也是禁止其监考三年。本来他们就不想担任监考，这样处理他们反而更心安理得。主要是监考人员问题。

我跟余商定，叫余按惯例通知各高中学校派老师，并要求尽可能是非徐闻籍老师。名单送上来了，我叫余例行培训。离考试前一个星期，我跟余商量一下，动用高中的外地女老师和我们初中学校的领导组成监考队伍，这年男监考暂不用高中男老师。于是余便通知各初中学校副校长和中层干部上来开会。来的都是男的。来的人也不知道干啥，直到会议开始才知道是当高考监考老师，基本上没人干过这活。大家又惊又喜，喜的是终于可以当一回见证高考过程的人，惊的是压力巨大。什么都是刚刚开始，什么都是第一次，显得手忙脚乱。最要命的是弄不好会被就地免职。如果因为监考被撤职，那还有什么面目回学校见人。连监考都干不了，还当领导？所以所有与会人员都面临着这个压力,这个面子。他会拿自己的职务、面子去为考生家长帮忙吗?

培训会议是由我主持的,非常严肃,那些中层干部哪里见过局长亲自来督阵的,因而心有余悸。培训资料人手一份,考试股的钟大生开始授课。我望了望台下那帮男人,个个挺认真的,毕竟是第一次。我也是第一次采用这种方式,是被逼出来的。授课完毕是考试。我担任考官。我说,请第一排的站起来,从第一个人开始回答,考务工作的规则和注意事项清楚没有?清楚的可以回去,不清楚的留下来继续培训到清楚为主。记住,你已经承诺对规则清楚了,如果在考场里还不懂,那就是故意的了。如果在考室里不敢抓不敢管,出现问题,就地免职。没有一个人说不清楚的。第二天又找来实验中学校长林茂文和二中校长邓堪辉,宣布他们为两个考点主考官。他俩也是第一次当主考官,邓堪辉说,那一个星期,他都在学习考务有关规定。

高考就像打仗一样。开始前,有几个关心我的县领导说,这么严格,会不会影响高考成绩?我说不会,越严格越能排除干扰,成绩好的学生越容易发挥。因为是第一次,所有人员包括主考都是战战兢兢,如履薄冰,按规定严格执行。在开考第一天上午,徐中考点就盘查出一个替考的,下午开考前,通过广播系统通报这一信息,增加了威慑力。第二天我给一中考点主考邓堪辉打电话说,人家林茂文在徐中考点都抓出替考的,你那边一个也没有?后来听邓说,接到电话后,他下死命令地毯式搜查,找到八个嫌疑者留下来,经班主任确认,没有一个是替考的。

高考结束了，监考老师松了一口气。他们告诉我，全都紧张死了，晚上有的睡不着，生怕出差错，手机不敢带，提前一个小时到考场。有的说，下次不要叫他们当考官了，压力太大了。我觉得他们太可爱了。后来局务会议决定，每个监考老师都被评为全县优秀监考员。

2014年高考成绩公布了。我县仍然是全市排名第一。这时候全市都不得不认可，这是实力。全县人民心里的疑惑解开了。我没有用上电视登报纸报告喜讯的方式，我只要求全县各中小学门口挂横幅放鞭炮祝贺，全县人民都知道了。

动用初中学校领导当考官是个有意思的创新。至今也没有听说高考谣言。我觉得他们是伟大的宣传队，通过他们的现身说法，向全县人民宣告谣言的破产。因为那些监考老师是从各乡镇上来的，他们是当事人，他们散布在四面八方，守卫着教育这一块净土。

高考是美好的开始。高考却又是不平静的湖面。各种思潮、各种人物、各种势力都在这湖面的光影中蜻蜓点水，呼风唤雨，遇上自己。

高考真有意思！

2015年2月26日

——原载于《高考的圣旨》（徐闻县教育局内部资料）

命运的呼吸

年味未尽,鞭炮还响,我们又得集结校园,开始来年的梦。性命和生命都站在使命的背后了,春夏秋冬都由高考来点灯了,那一盏盏高考的灯,照亮着我们前行的道路。

高考是徐闻中学的命根子,徐闻中学是整个徐闻教育的晴雨表。徐闻中学怎样,徐闻的教育就怎样。因而,只要你挨上教育的边儿,就注定你的命运跟徐闻中学是不离不弃了。徐闻中学稳稳,你是正常的;徐闻中学斜斜,那你连呼吸都困难。

所以命运总是被高考纠缠,呼吸也只有高考通道。即使在高考的大河里跋涉,价值和尊严也会潮湿。所以抱怨可以任性,高考只能认命。这是天意。

而天意是靠禅来悟的。稳稳幸福了八年的徐闻中学,2012年,树欲静而风不止,无论树动或心动,不太古老的校门都挡不住四面而来的中国风,抵挡不了来自内部的躁动。这一年,高考转身遇上悬崖绝壁,一落千丈,把古老的梦摔个粉碎。之后的两年,戏剧性魔术般的变化，高考排名从急剧下降到急剧上升，从湛江市排名最后到湛江市排名第一，神话般传奇的背后，源于政府和民间沉淀的最深沉的力量，源于一个团队高考备考理念和备考文化的不断确立，源于一所中学师生对高考命运跌宕起伏的倔强和执着。

徐闻中学高考的大转折是史无前例的，政府、民间、老师的智慧和力量亦是史无前例的。这些史无前例的力量，影响着徐闻这座小城的灵魂，成为小城年度标志性的主题。这是值得纪念的。

我们纪念徐闻中学的酸楚，也纪念徐闻中学的荣耀，更纪念徐闻中学高考理念的嬗变，因为这种嬗变，不亚于我们纪念改革开放的中国打开大门接纳世界风。羽化为蝶，从蛹的生命意义来说，蛹已经死亡；从蝴蝶的生命意义来说，又是获得新生。

这本书是纪念徐闻中学高考转折时期的历史。翻阅这段时间高考之记录，那些握着拳头过河的老师们，他们在河里哭过、笑过、奋斗过、坚持过，执着努力地走过这段教育人生。他们是如此普通，即使擦肩而过，你也未必能注意到他们的存在，但正是这些默默无闻的他们，不在阴影里抱怨，不在犹豫里观望，不在小我里盘算，而是用真诚和坚守，创造了伟大的神奇。

每一群人中都有自己的英雄。医生是挽救人生命的英雄，老师是拯救人的灵魂的英雄，高三老师是设计人命运的英雄。

命运在徐闻中学呼吸，舒畅。

命运在高考备考中呼吸，没有自由。

2015年2月28日

——原载于《追梦人的那些事——2013—2014年高考专辑》（徐闻中学内部资料）

梅溪中学的秋天

秋天的梅溪中学一定很美。因为你是我的唯一。

而唯一的梅溪中学却是徐闻教育唯一的特殊现象。

在徐闻学子的眼里,梅溪中学就是徐闻的清华北大;在家乡父老的心中,梅溪中学就是徐闻的五台山。所以在每年举办的隆重的奖学晚会上,考上梅溪中学的小孩和其他考上大学的小孩一并受到奖励,成为乡村小孩中的明星。

有个通过选调进入梅溪中学的老师感慨说,到了梅溪中学,才觉得自己真正是个老师。有如此细微幸福感的梅溪中学的老师,支撑着他们底气的当然是价值和尊严。

梅溪中学已经走过了十四个青春年华,培育了九千七百四十三株玫瑰,也放飞了九千七百四十三只衔着玫瑰的雏鹰。如今还传说着梅溪中学的老师手上散发的玫瑰香,淡淡的,芬芳着书页。

人们素描中的梅溪中学的老师,充满职业精神,弥漫着书卷气,骨子里散发出热爱教育的内在气质,有老师应有的风范,不守旧,勤思考，有创意。翻阅这本书里记录的梅溪人的普通故事，沿着梅溪人留下的痕迹，哪怕很微小，我们也在这吉光片羽中，体悟到人生的智慧、生命的厚度和内心的温暖，体悟到他们生活在一场浩荡的秋天里，折射着梅溪人的范儿。

梅溪中学也是任性的。她就像是隐形的翅膀，有通道，没有校门；有躯壳，没有肉身。有名无实，没有自己的精神，没有一个完整的人生，无论从民还是归公，在某个层面上，一半为了灵魂，一半为了嫁衣。虽不情愿，但仍然摆脱不了沦为徐闻中学附属品的命运。既生瑜，何生亮？孙悟空毕竟逃不出如来佛的手心。她是中国教育产业化在徐闻的一个样本，也是徐闻教育唯一的特殊现象。在徐闻中学的阴影里，梅溪中学是一个永远长不大的孩子。

秋天的梅溪中学一定很美。在这个充满收获的季节，花季少年的梅溪中学，会成为城南旧事吗？

2015年3月5日

——原载于《静待花开——梅溪人的故事》（梅溪中学内部资料）

让我们的梦想闪耀一下

没有哪个黎明能够阻挡光亮，也没有哪个理由能够阻挡时间的脚步，2016年呼啸而至，2015年瞬间变成了历史。

岁月虽无痕，历史却有声。历史从不沉默，总是沿着自己的逻辑轨迹发出自己的声音。2015年告诉我们，种下的梦想总会开花，落地的荣光总会闪耀。教育遇上了好时代，我们碰到了好教育。

让我们的梦想闪耀一下，是因为2015年教育梦汹涌澎湃。三年的砥砺奋进，省字号的"教育强县"终于呱呱落地，国字号的"义务教育均衡县"也尘埃落定。校园成了城乡村庄最美的风景和开放的休闲场所。在老百姓的眼里，校园翻天覆地，离自己的梦也越来越近。这昭示一个真理，心中有梦，浑身才有力。不要抱怨困难，只要坚持，梦想就会成真。这是社会对教育认知度和价值观的一次珍贵的提升。

让我们的梦想闪耀一下，是因为我们的高考成了徐闻这座小城划时代的主题。从排位最后到连续三年占据湛江市第一，从失落到质疑到兴奋，从满天的噪音到调为静音，这跨时空的转身，无不铭刻着我们校长和高三老师的压力和梦想，铭刻着他们不二的生动印记。更重要的是，他们在高考备考中遇见自己，发现自己，创造了徐闻的教育历史，种下了高考的界碑。

让我们的梦想闪耀一下，是因为我们"贵生课堂"理念的排山倒海，顽强地杀出了教育的艳阳天。贵生课堂工作室、名师工作室如雨后春笋，使你感到梦想不再遥远，专业的方向其实就在眼前。结对子是徐闻教育史上最伟大的现代公共关系和最伟大的创举。从此，贵生课堂不再孤单，大批老师冲破校际的篱笆，你中有我我中有你，不分彼此，朋友圈不断扩大。学校也不再是"藩镇割据"局面，而是棋盘上的一粒棋子，相互取暖，不离不弃，结成生命的共同体。"凤凰行动"掀起新一轮的"头脑风暴"，"彩蝶计划"出动五百人马前往山东"朝圣"，尤其是成群结队跨越湛江全境传播贵生理念，让人刮目相看。无论山东、湖南，还是湛江，课堂上照样看见我们老师的勇敢对决。这是伟大的转变，标志着我们的人才观开始向领袖型转变。

让我们的梦想闪耀一下，是因为我们实行史上最严厉的学籍管理，划学区就近入学的招生改革成为全市的标杆。让我们的梦想闪耀一下，是因为这一年我们建起全湛江最新最好的特殊教育学校。让我们的梦想闪耀一下，是因为我们的校园美文开启了奇思妙想的写作思维。让我们的梦想闪耀一下，是因为奇特的教职工活动在温暖人心，是因为安全生产和好习惯在行动。

从来没有像今天这样，我们的教育带着梦想步步安心；从来没有像今天这样，我们的教育带着梦想奔向自由；从来没有像今天这样，我们的教育带着梦想全面开放。

梦想总不是坦途，但能够闪耀一下，即便是微弱的一闪，便是荣光，便是足矣！

携着光荣和梦想，我们渡过了多么传奇的一年。尽管我们在甩掉长年落后的帽子，追赶上路，但我们的教育之路仍然任重道远，我们相信，在新的一年，随着创建教育现代化县脚步的逼近，徐闻教育，决不回头。

2016年的第一天，在中国大陆最南端温暖的一座小楼里，随着新年的钟声，徐闻教育网祝福我们的学校，祝福我们的老师，祝福我们的学生，祝福我们的教育工作者，祝福我们的教育事业蒸蒸日上。

因为有你们在，我们的梦想更加温暖。

——2016年1月1日为《徐闻教育网》所撰写的新年献词

最浪漫的教育

最浪漫的教育是什么？

翻开这本名师故事集，端详着纸上走动的名师，品味着他们的故事，心里总在想，好像这里面所有的故事只有一个主题：浪漫。

周凌走上来了。讲台上，她那无法抗拒的微笑和那流缓的声调，让教学上的什么事儿到了她那都不是事儿了。我想，那是自信的浪漫。教了十五年语文仍平淡无奇的余云燕，一辈子也想不到会撞上"贵生课堂"，转身时的那心情，就像是当初那次最美的久别重逢，那是重逢的浪漫。黄奔奔就更奔了，生命让她一生都奔奔，所以她渴望森林，渴望天空，梦想中的课堂如同放飞的青春小鸟，那是青春的浪漫。谭小兰或许就是爱的天使，她认定课堂做不到的事情，爱可以做到。要爱，还要会爱，那是爱的浪漫。

每读到这，我就很感慨：浪漫的人无论到哪里都会变着法子浪漫，不浪漫的人只要撞对了地方也会浪漫起来。

当然，男人就更深沉点了。郑成桐喜欢课堂的神韵和色彩，也喜欢用男人的思维去解决教学上的问题,"桐"音很浓,可那活儿得经历练。李文奕或许文气更浓点,更在乎且行且思,来一场说上就上的课,可那得沉淀成格。陈后永就更奇了,跟着教学弄潮儿下海,本想拣几条小鱼,可没想到收获满网鱼。意外,意外。

这跟浪漫有何相干?且慢。有道是,男人浪漫不轻弹。相不相干,只有他们才知道。可人这一生啊,你不拉着浪漫走,就得被浪漫拖着你走,至少有一次。

瞧,骆婵娜来了,跟"贵生课堂"的第一次亲密接触就嚷着掏心大法:"不要你的金,不要你的银,只有你的心。"袁梦呢?梦想着成为那个播种太阳的人,让课堂的每个角落都变得温暖明亮。倒是梁崇莹,把学生推下知识的海洋自由冲浪时,自己也得到更快乐的课堂。都说幸福的课堂来自心灵感受,可这种感受,王梅英也许体会得更震撼些。

任何的艺术都是内容的表述方式。浪漫也许是一种艺术吧。花前月下的那种小资情调和两情相悦的那种情感交融,无疑浪漫至极。然而,人生若如初见时的那情景,照样浪漫无比。廖小娟邂逅"贵生课堂",死抓不放,连声呼喊:"你就是我最美丽的外遇。"颜红莲站在一旁,深情凝视,"与君初相识,犹如故人归"。娴静的李琴梅在如水的日子里仍在重复"我快乐,因为我是物理老师"。她们的表述,也许觉得好笑,但笑完之后却是满满的感动:她们何尝不是满满的浪漫?

其实浪漫这个词很有意思,你怎样,浪漫就怎样。浪漫表面上具有青春的冲击力和无限的想象力,骨子里却沉淀着浓郁的文化气息和高尚的文化品格。所以你选择了，看见了，就很难背过身去。

　　小学生的戴穆兰哪懂得什么人生的方向，老师的微笑和那慈祥的眼睛，就是她明亮的心灯。做老师那样的人，植于她童年的种子，做一个好老师，成了她一辈子的挚爱。湘妹子廖跃红从小就喜欢弄点乐器，天生就是玩艺术的黄花梨料，父亲却认定只有老师才是有文化的。她信了父亲，结果少了一个艺术家，多了一个名老师。无独有偶，郑向小时候上学时，在田间小路上滑跌进水田里，全身湿淋淋的，年轻的女教师把她拉进宿舍，为她换上自己的衣服，这举动，让我们又多了一位名老师。

　　一灯能除千年暗，一智能灭万年愚。她们当初的选择，都是喜欢顺应自己单纯的心，谁说不是纯纯的浪漫呢？正所谓，心中若有桃花源，何处不是水云间？

　　自喻为"草儿"的黄凌霞，只缘于一句"草不知名随意生"，就喜欢上满地不知名儿的小草。就如她一身青葱，默默待在安静的时空里，拥抱稚脸无邪的纯净，等到那"春来无处不茸茸"。而"绿叶人"郑梨却旋转一个优美的动作，抛开花和果，只把叶子留住。万绿丛中一点红，她就要这个万绿，而且要把"叶"的事业进行到底。难得。落叶不是无情物，化作春泥更护花。何浪萍的音乐细胞可能猛一点，她用一曲《秋日私语》来诉说着她化蝶的故事，原来世间的美好，都是因为坚持。

　　一草一叶一蝶化，名师桃李满天下。春来遍地桃花水，何用堂前更种花。简简单单，从从容容，多好！

邓建芳就简单多了，因为他走进校门的那条路太曲折太复杂了，所以他需要简单的心态和简单的艺术。他像魔术师，再荒芜的教学在他的手里都会变成简单的艺术。吴日菊好像是孩子王似的，她说跟孩子们相互陪伴，痛并快乐着，孩子们成长了，她也成长了，就像百合花在田野上静静绽放。不简单！江济柳银铃般的嗓子本来就叽叽喳喳，谁料到一场感冒却让她的嗓子嘶哑了，可又被孩子们的一杯杯水和家长的几片药片感动得泪滴滴，对这活心甘情愿了。多简单！简单才浪漫。

佛说，一花一世界，一叶一菩提。

那黄小花的世界是什么？三个字，习惯了。习惯了农村的风土人情，习惯了农村孩子们的纯真，习惯了爱。为什么我的眼里常含着泪水，因为爱这片土地爱得深沉。你看小花的世界多深！沈春花的世界呢？四个字，装满孩子。刚出去学习回来，孩子们就嚷了："老师你两天没给我们上课了，我们好想你！"这话像甘露滋润心田，她的忧愁烦恼全抛在脑后了。一句话就可以解决烦恼，你看春花的世界多甜！郑杏花的呢？一个词，等待。浪漫就是三分教七分等呀，给每一株野草开花的时间，给每个孩子成长的期待，也许会开出一片惊喜。野百合也有春天呀。你看杏花的世界多大。小花春花杏花，花花世界，花的世界。每一个人都是一个世界，你的世界是什么，你就是什么。

从"菠萝的海"走来的蔡虹，时常给学生捎上小礼物。她最珍贵的礼物不是耳环，而是耳朵。她知道通往学生心灵深处的路是耳朵。所以她愿意蹲下来倾听，使她成为学生们心中的彩虹。大海的女儿王华屏，喜欢静静等待，等到每个孩子独特的生命到达绽放属于自己光彩的那一刻，才去轻声唤醒，让生命之花自由开放。梁献可能是个玩游戏的老手，你看他把玩游戏的法子都用在教学上，把洋豆芽玩转一把，不知多爽。你能说他从新寮半岛到县城，又从县城返回新寮那个追梦过程不浪漫？

星星从不妒忌月亮的光芒，所以沈超总是躲在月亮的银光里偷偷积蓄能量。一些名师成长的背后，总见到他的身影。当有一天突然没有月亮的晚上，他才发现自己原来是最亮的那颗星。许燕英才不管你什么星不星，她就像是一只快乐的小精灵，到处洒下欢乐。她把课堂当舞台，时而卖萌装乖，时而睿智聪颖，不知沾上洋腔调的人是不是都这么浪漫？唐小敏也是洋豆芽出身，娴静时如娇花照水，行动处似弱柳扶风，她把孩子们引入洋豆芽园的时候，那一双双高举的小手真像摇晃生长的洋豆芽，还带着荧光。

三十二个名师的浪漫故事读完了，可韵味却还在绕梁不绝。掩卷细想，假如生命是一条孤独的河流，谁会是你灵魂抵达彼岸的摆渡人？假如生命是一片思维的荒野，谁又会是你灵魂注入高尚的传道士？假如生命是一座种子的花园，谁又会是你灵魂静等花开的守望者？观音菩萨慈悲为怀，把不同的灵魂普度到光明的彼岸，其间得多耐心；孔夫子为了传播思想，苦游列国，颠沛流离，其间得多忍耐；花工在园子里守护那不同季节的种子到花开，那时间该多长呀！我视野中的名师，其实他们把孩子们摆渡成长，传道给孩子们世界的眼光，守望着孩子们成才，这是何等的至诚、至爱、至仁、至善。名师之所以成为名师，是因为他们把教育当作信仰，以慈悲的心、传道的精神和守望的意志去挖掘自身的职业幸福感。也许我们的名师们只想做一个平平凡凡的人，但摆渡人、传道士和守望者所做的就是普普通通的事。他们的不平凡，正是从平凡里走来的。即使我们任性一回，说我什么也不是，我只是一个老师。可你当初选择走进教育这个门的时候，就意味着你不再任性。就像你从不懂高尚为何，但只要站在三尺讲台上，你就必须学习高尚一样。这才是真正的黑色幽默，黑色幽默般的浪漫。

携子之手，与子偕老。那可是千年来最浪漫的事，可这千年的浪漫，其实跟爱情无关，只不过是相互忍耐而已。但忍耐也是一种爱，真正爱你的人，就是一直忍耐你的人！

你不长大，我不离开。这也许是教育最浪漫的爱吧。可这长大，老师你得慢慢习惯，漫漫忍耐。

所以，最浪漫的教育是两个字：忍耐。

——原载于《最浪漫的教育·序言》（南方人民出版社2016年版）

贵生课堂究竟还能走多远

各位老师，各位校长，贵生课堂摇摇晃晃已经走了三年，现在已经站在十字路口，何去何从？朝哪个方向走？怎么走？这就是我们今天要探讨的问题。

今天在座的各位，多多少少都跟贵生课堂有点缘分，多多少少都想为贵生课堂做点什么。做点什么呢？我们不是站在风口浪尖上去把握教育命运的那种人物，我们只是沉浸在教育第一线的老师，凭着自己的良心、理想和激情去实现自己的梦想，去适应，去改变这个教育现实。所以，对于贵生课堂，我有一个小小的希望是，你站在路边看着她走，即使她走得难看也不要嘲笑，更不要从背后推她一把。那你就为贵生课堂做点什么了。其实在座的各位已经在柔软地改变这个教育。我们改变教育，并不是"让暴风雨来得更猛烈些吧"的那种，而是"这里黎明静悄悄"这种。也许你会说，我只想适应这个教育，不想改变这个教育。是的，谁也不想刻意去改变什么，可事实是，你每天所做的一切，都是在改变教育呀。包括今天你所做的一切都是。太阳每天都是新的,你每天也都是不一样的你,每天你都在改变自己,当然也在改变教育呀。

  我好像记得在某篇序文中说过,我们每个人都是一座充满潜能的矿山,一旦爆发,往往会让人出乎意料,又往往会让人控制不住。贵生课堂的出现,冲击力和影响力已经远远超出了课堂本身。总结了三年来贵生课堂所带来的变化,让人惊喜万分。细心的人可能还会看到,更多的变化来自课堂之外的变化。比如,我们的教育管理,更多的是让学校自主、合作和探究的贵生管理,把权力下放给学校,让学校自主管理,这本身就是一种贵生理念。我们搞的教学比赛、搞篮球、排球、舞蹈、书画和才艺大赛,就是为了关注每一个老师。我们通过结对子形式组建的学校共同体,就是体现尊重、平等、包容和关注每一所学校的贵生理念。我们通过彩蝶计划、凤凰行动和学校之间的交流,来调整我们的教育公共关系,就是为了体现自由开放来达到老师安心的贵生理念。我们探索用多媒体、小黑板和小组合作的形式来进行课堂教学,目的也是为了达到关注每一个学生的理想效果。我们通过贵生课堂的平台,鼓励、培养和造就一大批学科带头人;通过教学研究的方式,鼓励一批校长和老师向学者型方向发展,等等。你看看,我们所做的一切,处处都有贵生理念的影子。贵生课堂也是我们试图改变教育的一种尝试。在当今第三次世界浪潮之中,互联网改变着世界,也改变着我们的生活,这些我们都有切身感受,不管我们愿不愿意,我们都必须为之改变。互联网+的方式也在悄悄改变着教育,线上教育、微课、翻转课堂、同步课堂,这些新兴的教育力量,让我们感到自身本领的匮乏，但也让我们感到职业的欣慰。贵生课堂的崛起，也是这些新兴教育力量中的一支，代表着一种新生的力量；如果方向不偏的话，会走得更远。我们看，三年来徐闻教育的变化之大，是让人万万想不到的。三年来，徐闻教育所发生的变化，是非常不容易的。这些变化，无不深深铭刻着贵生课堂的印记，也无不深深铭刻着教研室、各位校长、副校长、教导主任和贵生工作室人员，尤其是一批名师和热爱贵生课堂的老师的历史功勋。我想，不管岁月如何迁移，不管时光如何流转，我相信，只要徐闻教育在，在座的你们都会同在。

我在看电视节目的时候，看到一群聋哑大学生的精彩表演，让我非常感动。可让我更感动的是主持人的那句话，她说，生命有裂缝，阳光才能照进来。听了这句话，我感到很温暖。世界上任何的事物都不可能是完美的，都是有残缺的。没有残缺就没有完美。你看断臂的维纳斯美不美？美以上！但如果你给她接上双臂，会有这样的艺术美吗？完美是相对残缺而言的，残缺也是一种美。贵生课堂有残缺吗？有裂缝吗？如果有，我们该怎么办？

三十多年前，改革开放刚刚开始的时候，出现了很多争论，有的同志拿尺子量着，这个是毛主席说过可以做的，那个是毛主席说过不能做的，一时搞得大家糊涂。邓小平同志及时拨乱反正，要求完整准确地理解毛泽东思想。用毛主席的某一句话来判断对错，这恰恰是毛主席所反对的教条主义思想。毛泽东思想的精髓在于群众路线和实事求是。实践才是检验真理的唯一标准。今天的中国特色社会主义理论，就是我们党在领导亿万人民群众在实践中形成的集体智慧。

历史的经验值得注意。今天我们在实践贵生课堂理念过程中，路子怎样走？光有理想，有激情，又实干，又有美好蓝图，就能一厢情愿走下去吗？怎样才能避免重蹈历史错误？这是摆在我们面前的重大课题。贵生课堂一直受到争议，这是好事。说明关注度很大，一直争议下去更好，更说明有价值。如果摆在那里没人理没人睬，那才是可怜。毛泽东说过："人民群众是真正的英雄。"老人家是在告诫我们，贵生课堂必须到第一线的老师中，去实践，去检验，实践是检验贵生课堂的唯一标准。所以我们必须也有必要全面准确地去理解贵生课堂。

怎样理解贵生课堂？贵生课堂究竟能走多远？这是我们今天提出的"贵生之问"。

三句不离本行，我是读历史的，喜欢让历史照亮现实，因为历史是最好的老师。这里我说两个历史人物，一个是萧何，一个是黄炎培。

今天我们的贵生课堂面临着"到底走得多远"的"贵生之问"，我们的队伍中和社会上确实存在着这样一种疑虑，他们对贵生课堂强调小组围坐不接受，跟你"打游击，捉迷藏"。你来我就围，你走我就撤。甚至有的学校看见你来了，高音喇叭发出警报："鬼子进校了。"他们之所以这样，是因为知道你是为了这个教育事业，不想伤你的心。可另一方面也促使我们反思，贵生课堂有没有"裂缝"，怎样才能让阳光照进来？这就要求我们不能主观地教条地去实践贵生课堂，而是应全面地准确地去理解贵生课堂。要理解贵生课堂，就必须实事求是，必须走老师路线，只有第一线的老师才有发言权。要理解贵生课堂是传统课堂土壤里长出的一棵小树，是吃着传统课堂奶水生长的，与传统课堂血脉相连。即使你已经成为参天大树，可你的根却还是深深扎在传统课堂里。其实老师们很多有兴趣有成就的课堂，只要关注到每个学生，也就是贵生课堂。弄清了这层关系，我们就"星星之火，可以燎原"了。

　　第一人物是萧何。这个西汉的丞相，估计大家都懂。"成也萧何，败也萧何"是一句谚语，是西汉老百姓对建国功臣韩信一生的经典概括。想当年萧何推荐韩信，汉高祖刘邦拜其为大将军，为汉朝的建立立下了汗马功劳，可最后韩信被杀也是萧何出的计谋。无论是成功还是被杀都与萧何有关。这就是有名的"萧何陷阱"。这个"萧何陷阱"是我自己发明创造的，是为了更好地说明问题。什么叫悲剧？把美好的东西毁灭掉就是悲剧。那么把自己亲手制作的东西毁灭掉，就像是把自己的亲生儿子掐死，那叫什么？那叫惨剧！所以我们贵生课堂一定要避免这个"萧何陷阱"，一定要跳出这个"萧何陷阱"才有活路。

　　第二个人物是黄炎培。1945年7月，抗日战争即将结束，教育家黄炎培到了延安，跟毛泽东有一番著名的窑洞对话。毛泽东问黄炎培延安之行有什么感想。黄炎培说，我活了六十年了，听到的不说，亲眼看到的，真是"其兴也勃焉，其亡也忽焉"，意思是说，无论是一个国家、一个地方、一个团体、一个家庭、一个人，兴起的时候势不可当，衰亡的时候也十分迅速，历史上没有谁能够跳出这个。毛泽东说，我们已经找到新路，能够跳出周期律。这条新路，就是民主。这就是有名的"历史周期律"。习近平总书记不久前对工商联谈话时重提这个

"历史周期律",引起广泛关注。那么我们的贵生课堂有没有遭遇到这个周期律呢?第一年很新鲜,第二年很兴奋,第三年很累,第四年很想死。现在是第三年了,我们能不能跳出这个"周期率"?我觉得,我们能。因为我们学会了包容。包容就是你中有我,我中有你,同生共死。只要我们敢于打破我们自己的坛坛罐罐,海纳百川,我们就一定能。我在教育网上看到一个老师写的名师心语,非常通俗地解释了这个问题。她说:"鸡蛋,从外面打破是食物,从里面打破是生命。"贵生课堂也一样,从外面打破是压力,从里面打破是成长。如果你等待别人来打破你,那么你注定成为别人的食物,如果能让自己从内部打破,那么你会发现自己的成长相当于一种重生。贵生课堂要跳出这个周期律,必须从内部打破自己,才能重生。

那么,怎样才能从内部打破自己来获得生命的延伸呢?我觉得,我们必须全面科学地理解贵生课堂。在这里,我想把我个人的观点跟在座的各位交流交流。

第一,关注每一个学生是贵生课堂的核心理念。虽然我们也知道,以往的培养目标是以升学为主,教育内容是以知识为主,学习方式是以死记硬背为主,评价标准也是以分数为主。但如果我们能够围绕着学生品德、身心、学习、创新、国际、审美、信息、生活这八大素养就更好,我们的贵生课就是试图改变这种状态的一种尝试,在学校,综合素养能够成就学生。

第二,贵生课堂是个包容的课堂。这个课堂生态是多元化的,没有固定的模式。你可以是游戏课堂,也可以是动漫课堂;你可以动员全班同学来演绎一出课本剧，也可以鼓动同学们在四面小黑板上演算，甚至可以重组课堂。不同学科的老师同堂上课，比如，语文跟历史、思想品德，原本就有密切关系，语文老师和历史老师，或者思想品德老师可以合起来上一门课。历史和地理、数学跟美术、历史和地理及政治、地理跟生物等等，都是有联系的，都可以两个老师同上一堂课；还可以课堂重构，比如说数学课，除了双基数学，还可以增加一些人文数学，如说说数学家的故事，还可以提供一些生活数学和活动数学等等课堂生态，总之，只要符合贵生课堂的理念，又符合教学规律。老师有创意，学生有兴趣的课堂，我觉得都可以是贵生课堂，即使有些课堂有裂缝，我们也应该包容。

第三，贵生课堂"三法宝"是一种有创意的教学手段，但不是贵生课堂。我为什么要说这件事？就是因为我们很多学校误读了贵生课堂，把"三法宝"当成了贵生课堂，把皮毛当内容了，有点像那个买椟还珠的韩非子寓言，喧宾夺主。你们都去过杜郎口中学，杜郎口模式是不是"三法宝"呢？显然不是。杜郎口教学模式是三三六自主学习模式。课堂是从事教学场所，应该有教学环节，我们的贵生课堂恰好没有教学模型，所以我说"三法宝"是个理想的教学手段，但不是贵生课堂，真正的贵生课堂内容应该是贵生课堂的十大元素。

第四，如何理解小组合作？小组围坐无疑是比较好的形式，目前是很多国家和地区流行的形式，我们国家很多学校也在不断运用这种形式。包括我们湛江一些学校也在用。我们提倡和鼓励老师们运用这个形式进行教学，但不强求。无论从事什么事情，我们都要一切从实际出发，我的教学内容适用于小组围坐形式，我就可以用，不适应就可以用其他形式。我觉得只有合作的元素就是小组合作，比如两排同学，前排的转身跟后排的，也是合作；第一组和第二组起来站在一起讨论，也是合作；四方座是合作；半圆座也是合作；U座是合作；圆形座，老师在圆心转椅上教学，也是合作。走出课堂是合作，甚至同座两人讨论都可以是一个小组合作，就看你如何根据教学内容选择你得心应手的小组合作学习形式。但这里必须说清楚，每所学校必须有一个应用"三法宝"教学形式的课室，让喜欢这种形式的教师带学生进入课堂。

第五，贵生课堂必须有自己的教学模式。湛江市的"四导课堂""精致课堂"和"觉民课堂"，他们都是受贵生课堂影响发展出来的，但他们都有教学环节，我们却没有。各学校必须认真总结和挖掘符合自己学校特点普遍性的教学模型。假如我们五十所学校把贵生课堂十大元素当作十种食材，你炒我也炒，炒出五十个好吃的菜，那我们贵生课堂就能占有一席之地。全国的教学模式都是个体模式，我们的贵生课堂却是群体模式，有五十个以上的模式群，我看没有一个地方会有我们这样的团队特色的模式群。

第六，贵生工作室的任务是，探索实践符合自己学校特点的教学模型，发现和挖掘老师中课堂教学比较好的方式，呵护引导成为贵生课堂的一种模式。名师们打铁首先要自身硬，以榜样作引领。各学校对教学模式的总结要遵循教学规模，要耐心，不要作秀，不要一说模式你就马上送来，生孩子还要怀胎十个月呢。兄弟，别忽悠我！太早了,就是早产儿。我觉得成熟一个报一个,县贵生工作室任务是负责审核引导,做好接生婆工作,完成贵生课堂模式群的任务。各学校教学模型不能千篇一律用"数字+"的方式,生了小孩,也要起个好听的名字。这里强调一下,不能以不成熟为借口不干,肚子里的小孩大了,不生也不行。你不生就叫别人生。

各位校长、老师们,贵生课堂无疑是我们徐闻教育史上一个转折点。"贵生课堂"这一概念,填补了我们徐闻教育历史的一个空白,也是我们徐闻教育第一个自主的知识产权,在省内市内引起关注。产生的影响力已经形成强大的推动力,推动着教育管理各方面新的创意的形成。世界就是这么怪,"有心栽花花不开,无意种柳柳成荫",不管你认不认可,贵生课堂将在我们这三年的学校和老师中留下无法抹去的印记,将与三年高考、教育创强、教育均衡、招考改革、学籍管理和幼儿园治理一道,谱写徐闻教育史上的最好最优。历史风云际会,总会留下教育进步的轨迹。

现在我们来回答"贵生课堂还能走多远"的"贵生之问"。

认为走得远的人说,如果贵生课堂学会包容,那么贵生课堂就一定会"星星之火,可以燎原"。如果贵生课堂是一群人在走,那么就一定会走得更远。

认为走不远的人说,如果贵生课堂学会包容,那么贵生课堂就一定走不远。因为贵生课堂并没有离开,而就在我们的身边,就在我们的心里。

谢谢。谢谢在座的各位校长和老师们这么有耐心地忍受我的演讲。

以上是我个人的观点,不一定正确,我愿意,也期待着大家的批评指正。谢谢!

——在2016年5月17日徐闻县教育研究会议上的演讲(原题目为"必须全面地科学地理解贵生课堂")